CRÔNICA DA ESTAÇÃO DAS CHUVAS

Nagai Kafu

Crônica da estação das chuvas

tradução
Dirce Miyamura

Estação Liberdade

Título original: *Tsuyu no atosaki*

Preparação e revisão Tomoe Moroizumi e Leandro Rodrigues
Composição Johannes Christian Bergmann / Estação Liberdade
Ideogramas à p. 7 Hideo Hatanaka, título da obra em japonês
Capa Cena de "Genji monogatari", jogo de bola *kemari*, c. 1539-1610. Pintura sobre biombo (detalhe). Nanquim e folha de ouro sobre papel.
Editores Angel Bojadsen e Edilberto F. Verza

CIP-BRASIL - CATALOGAÇÃO NA FONTE
Sindicato Nacional dos Editores de Livros, RJ

N138c
Nagai, Kafu, 1879-1959
Crônica da estação das chuvas/ Nagai Kafu; tradução do japonês Dirce Miyamura. – São Paulo : Estação Liberdade, 2008
160 p.

Tradução de: Tsuyu no atosaki
ISBN 978-85-7448-142-5
1. Romance japonês. I. Miyamura, Dirce K. . II. Título.

08-2228. CDD 895.63
CDU 821.521-3

Editora Estação Liberdade Ltda.
Rua Dona Elisa, 116 | 01155-030 | São Paulo-SP
Tel.: (11) 3661 2881 | Fax: (11) 3825 4239
www.estacaoliberdade.com.br

梅雨の後先

UM

Naquele dia, Kimie só começaria seu turno de trabalho como garçonete num café de Ginza às três da tarde. Assim, depois de sair de seu apartamento alugado em Hon'mora-cho, no bairro de Ichigaya, caminhou sem pressa ao longo do fosso do Castelo Imperial. Subiu numa lotação na altura do posto de guarda da entrada do castelo e desceu em Hibiya. Quase em frente à grade de proteção da linha férrea, virou e entrou numa viela secundária ladeada por letreiros de modestos bares e restaurantes que mais lembrava uma rua da periferia suburbana e dirigiu-se a um escritório alugado, cuja janela de vidro ostentava em letras brilhantes a identificação LEITURA DA SORTE TARTARUGA DOURADA.

Desde o final do ano anterior, Kimie vinha tendo uma série de experiências perturbadoras. Uma vez, quando estava voltando de uma peça kabuki com duas ou três colegas garçonetes, teve a manga de seu quimono cortada. Foi um rasgo tão profundo que atravessou o haori[1] de Ôshima que fazia conjunto com o quimono até sua camada mais íntima. Depois foi a vez do ornamento de cabelo, um genuíno

1. Haori: jaqueta de seda usada para proteger o quimono. [N.T.]

pente de tartaruga incrustado de pérolas, arrancado de seu penteado sem que ela percebesse. Não teria dado importância se suspeitasse que fosse coisa de um ladrão qualquer. O que lhe deu a sensação de que poderia ser obra de alguém com vontade de prejudicá-la foi o fato de logo em seguida um filhote morto de gato ter sido jogado dentro do guarda-roupa do quarto alugado onde morava. Por mais que o estilo de vida de Kimie naqueles últimos anos pudesse ser considerado lascivo e imprudente, ela não se lembrava de ter feito nada ruim a ponto de provocar ódio. No início só achou tudo um pouco estranho e não deu muita atenção. Contudo, um pequeno tablóide de segunda categoria chamado *Jornal do Pedaço*, especializado em fofocas sobre a vida de mulheres que trabalham nos bares e cafés das redondezas de Ginza, publicou um fato que Kimie até então supunha não ser do conhecimento de ninguém. Isso a perturbou de tal maneira que, seguindo conselhos de amigos, resolveu consultar um vidente profissional.

O artigo publicado no *Jornal do Pedaço* não era de caráter maledicente ou difamatório. Era, na verdade, totalmente inofensivo e até elogioso à figura de Kimie. Dizia que desde criança ela tinha uma pinta na parte interna da coxa. Acreditava-se que, na idade adulta, a pessoa que possuísse esse sinal cairia na vida mundana. E de fato, depois que Kimie se tornou garçonete o número de pintas aumentou, sem que percebesse, para três. O artigo continuava comentando que aquilo, no íntimo, deixava Kimie dividida entre a excitação e o receio, pois as pintas indicavam que ela poderia encontrar três patrões no futuro. Ao ler o artigo, Kimie ficou perturbada e com uma sensação extremamente desagradável.

É verdade que ao lado da pinta no lado interno da coxa esquerda surgiram mais duas sem que ela percebesse. Era a absoluta verdade. A primeira vez que Kimie as percebeu foi quando passou a trabalhar em Ginza depois de ficar um tempo num café às margens do lago em Ueno, onde começara sua profissão como garçonete na primavera anterior. Só havia duas pessoas que conheciam essas pintas. Uma era o velho senhor Matsuzaki, um elegante cavalheiro com quem vinha se relacionando antes mesmo de começar suas atividades como garçonete. A outra era um comentado escritor chamado Kiyooka Susumu, que ela conhecera quando trabalhava no café em Ueno. Em função do local onde as pintas surgiram, nem seus familiares mais próximos poderiam saber delas. Nem mesmo o balconista da casa de banhos poderia ver até ali. Não que a existência das pintas incomodasse Kimie, mas o que a intrigava era como um repórter de jornal ficara sabendo de algo que nem o balconista da casa de banhos teria percebido? Somando-se a este mistério, os suspeitos e sucessivos eventos que aconteciam desde o ano anterior fizeram Kimie sentir um súbito temor do que mais poderia ocorrer. Embora nunca houvesse tido afeição por religião, muito menos acreditasse em graça divina, sentiu uma necessidade urgente de consultar a sorte.

O vidente, um homem de aspecto moderno na casa dos quarenta, havia montado seu consultório no aposento único de um prédio de apartamentos. Usando um terno ocidental, óculos redondos de tartaruga, com a barba bem aparada e atendendo seus clientes recostado atrás de sua escrivaninha, à primeira vista poderia ser confundido com um médico ou advogado. Por cima da janela de onde se via o agitado ir e vir dos bondes da rede pública, havia um quadro com a inscrição CONSULTÓRIO DE ADIVINHAÇÃO HEIHACHIRO. Nas paredes estavam afixados mapas do Japão e do mundo e, no móvel ao lado da escrivaninha, estantes de livros com vários volumes estrangeiros, bem como publicações japonesas encadernadas em forma de caixa.

Kimie tirou seu fino xale dos ombros e, segurando-o ainda em suas mãos, sentou-se na cadeira que lhe foi indicada. No mesmo instante o adivinho fechou seu livro e rodou a cadeira, ficando face a face com Kimie.

— É a respeito de casamento? Ou gostaria que eu lesse o seu futuro? — perguntou o adivinho, esboçando um sorriso de cortesia.

Kimie baixou os olhos e respondeu:

— Não é nada que diga respeito a casamento.

— Muito bem, então vamos para uma abordagem geral.

E, como um ginecologista analisando sua paciente, o adivinho assumiu deliberadamente uma atitude informal para deixar Kimie mais à vontade e prosseguiu:

— Saber sobre o futuro parece ser do interesse de muitos, haja vista os vários tipos de pessoas que me procuram. Algumas pessoas passam aqui todas as manhãs no seu caminho para o trabalho, para saber sobre sua sorte no dia. Porém, desde tempos antigos sabe-se que as previsões podem ou não se realizar. Por isso, não leve muito a sério se na leitura sua sorte não for das melhores. Qual é a sua idade?

— Este ano é o do meu signo.[2]

2. No horóscopo oriental, os signos são regidos por 12 animais que se revezam anualmente. [N.T.]

— Isso quer dizer que você é do ano do Rato. Em que dia e mês?

— Três de maio.

— Três de maio... ano do rato...

Imediatamente pegou os finos palitos de bambu enquanto sussurava palavras incompreensíveis, e os enfileirou sobre a mesa de trabalho.

— O signo da sorte para a sua idade é *richudam*. Entretanto, se eu fizer a leitura fiel do livro, letra por letra, provavelmente ficará demasiado extenso e não chegaremos ao ponto. Portanto, apenas explanarei os fatos conforme vierem à minha mente. No geral, pessoas que pertencem ao signo de *richudam*, homens ou mulheres, tendem a se separar de seus entes familiares e ter poucos amigos. Elas atravessam o mundo sozinhas. Além disso, analisando sua data de nascimento, você pertence ao signo *yûkon-sempu*. Neste signo, mesmo que algo de diferente aconteça em certo momento da vida, aos poucos tudo volta ao normal. Então, sob o prisma destes dois signos, vejo que após uma mudança importante ocorrida recentemente, você está no exato momento em que sua vida volta aos poucos ao que era antes. Se tomarmos como exemplo o clima, é como se um vendaval tivesse passado e ainda estivesse sob efeito de seu rastro. Mas, aos poucos, tudo começará a se acomodar e finalmente voltar à quietude anterior.

Brincando com a ponta do xale em seu colo, Kimie fitava o adivinho. O que ele disse não deixava de ter alguma relação consigo. Ao ver que havia pontos que coincidiam com sua vida, sentiu-se constrangida e baixou os olhos outra vez. A mudança importante que o adivinho comentou se referia com certeza ao fato de ela ter deixado a casa contra a vontade dos pais para vir morar em Tóquio e terminar como garçonete.

Kimie saiu de casa para fugir de um casamento que seus pais, assim como os parentes, tentavam forçá-la a aceitar. A casa onde Kimie nasceu na vila Maruen, em Saitama, a duas horas da estação de Ueno, era uma tradicional fabricante de doces, especialidade da região. Entre as amigas de primário de Kimie, havia uma que se chamava Kyoko. Ela foi trabalhar como gueixa em Ushigome e em menos de um ano arranjou um patrão e se estabeleceu como sua amante. As duas eram muito próximas, sempre se visitavam e quando, sem qualquer vontade de virar esposa, Kimie fugiu de casa, foi direto procurar a amiga. Seus parentes vieram buscá-la e a forçaram a voltar para casa por duas, três vezes, mas ela sempre achou um meio de escapar de novo. No final, não sabendo mais o que fazer, acabaram cedendo à vontade de Kimie, permitindo que ela trabalhasse como secretária ou bancária.

Embora Kimie tenha começado a trabalhar numa empresa seguradora graças à intermediação do patrão de Kyoko, um sujeito chamado Kawashima, isso foi apenas para dar satisfação a seus pais. Antes de completar seis meses já havia deixado o emprego e passava seus dias à toa na casa de Kyoko. Mas de repente o patrão da amiga foi descoberto desfalcando o caixa da empresa e acabou sendo indiciado. Kyoko passou a trazer para casa antigos clientes de seus tempos de gueixa e quando isso não era suficiente para cobrir as despesas percorria casas de chá e agências de matrimônio à procura de outros. Observando a facilidade com que sua amiga se virava, Kimie começou a pensar que esse poderia ser um bom meio de sobrevivência e um dia acabou ela mesma entrando na profissão. Mas, temendo ser presa por atuar sem licença, Kyoko decidiu voltar a ser gueixa. Embora Kimie achasse que não seria nada mal ela também virar gueixa, ao saber que a polícia, para conceder a licença, era obrigada por lei a procurar a família para preenchimento dos formulários, não lhe restou alternativa senão trabalhar como garçonete.

Kyoko precisava mandar dinheiro para sua família no interior. Já Kimie não tinha tal obrigação. Sendo uma garota do interior, não sentia necessidade de se vestir seguindo a última moda e, a menos que fosse convidada, não tinha a iniciativa de ir a cinemas e teatros. Fora a leitura desatenta de algum romance ou livro de contos no trem, não tinha qualquer tipo de passatempo e sequer saberia dizer o que mais gostava de fazer. Contanto que dispusesse do suficiente para pagar o aluguel e o cabeleireiro, não sentia qualquer necessidade de arrancar dinheiro dos homens. Muitas vezes fazia tudo o que eles lhe pediam sem cobrar um tostão a mais. Assim, por mais lasciva que tivesse sido sua vida até então, ela achava que não havia razão para alguém lhe querer mal. Esperando por uma explicação do vidente, perguntou:

— Quer dizer que não há nada em particular com que me preocupar no momento?

— Como está sua saúde? Se não sofre atualmente de nenhum mal em particular, não acredito que venha a ter qualquer problema sério no futuro próximo. Como já disse, sua vida sofreu um grande distúrbio, mas agora as coisas parque Hibiya. Pessoas vestidas na última moda se destacavam no grupo que aguardava o trem. Depois de consultar o relógio de pulso, Kimie passou por baixo do pontilhão ferroviário, seguindo em direção à ponte Sukiyabashi. Ao passar pelo prédio do *Asahi Shimbun*, diminuiu inconscientemente o ritmo dos passos para observar os balões publicitários flutuando, presos à cobertura de vários prédios altos de lá e cá. Foi quando ouviu pelas costas uma voz chamando "Kimie-san" e o som de sandálias se aproximando a passos apressados. Imaginando quem poderia ser, Kimie se voltou. Era Matsuko, uma garota de vinte e poucos anos, a quem conhecera um ano atrás quando trabalhava no café Luck, às margens do lago em Ueno. Comparada àquele tempo, Matsuko mostrava melhora significativa tanto nas roupas quanto na aparência geral. Tomando por base sua própria experiência, Kimie comentou:

— Você também está trabalhando em Ginza, Matsuko-san?

— Sim e não — foi a resposta ambígua de Matsuko, que prosseguiu: — No final do ano passado trabalhei um tempo no Alpes. Depois disso fiquei meio à toa. Mas agora decidi voltar a trabalhar e estou justamente indo para um bar chamado Lenin, no Quinto Quarteirão. Você deve conhecer o lugar, Kimie-san. Atsuko, aquela garota que trabalhava conosco no Luck, está lá agora. Então resolvi dar uma olhada no local.

— Então você estava no Alpes? Não sabia. Depois daquilo eu fiquei direto no Don Juan.

— Fiquei sabendo disso através de um de meus clientes no Alpes. Tenho vontade de encontrá-lo de novo, porém a vida é tão corrida! E como está o "sensei"? Continua do mesmo jeito?

Kimie deduziu que a amiga se referia ao escritor Kiyooka Susumu, mas como entre seus inúmeros clientes havia médicos e advogados, todos tratados respeitosamente como "sensei", achou melhor ter certeza e disse:

— Sim. Agora, além de escrever para jornais, está metido em cinema e coisas afins e parece que anda muito ocupado.

Matsuko parece ter interpretado mal essas palavras, pois mostrou-se muito chocada, exclamando "Verdade...?". Respirou fundo e continuou:

— Os homens são muito frios nessas horas. Eu também já passei por várias experiências assim e é por isso que resolvi de agora em diante dar uma guinada na minha carreira.

Kimie, pensando consigo mesma que cinco a dez homens não seria um número suficiente a ponto de isso ser contabilizado como "várias experiências", achou graça e resolveu brincar com a situação. Fingindo recato, comentou:

— O sensei já tem uma esposa tão fina, além da famosa atriz Suzuko. Uma garçonete como eu não passa de um simples passatempo para ele.

Após cruzarem a ponte, o movimento de pedestres nas ruas foi aumentando aos poucos à medida que se aproximavam de Owari-cho. Menina de interior e inocente, Matsuko, sem se incomodar com a movimentação de pessoas, retrucou incisivamente:

— Mas todos comentam que Suzuko só resolveu se casar porque sensei se apaixonou por você. Isso não é verdade?

Desconcertada com a franqueza de Matsuko, Kimie respondeu:

— Matsuko-san, um dia conversaremos com mais calma. Se quiser, venha me visitar. O Don Juan está contratando pessoal. Posso apresentá-la.

— Estão em quantos, lá?

— Sessenta pessoas. Dois grupos de trinta. O serviço, limpeza das mesas e todo o resto é feito pelos homens, por isso o trabalho é mais leve que em outros lugares.

— Quantos turnos[4] você pode ter por dia?

— Deixe-me pensar... Ultimamente, três turnos já é um bom número.

— Isso mal dá para pagar um bom quimono. E uma vez que você se acostuma a pegar táxi, acaba virando rotina e...

Quando o assunto resvalava para coisas comezinhas do dia-a-dia, mesmo que seja sobre outra pessoa, Kimie logo sentia enorme tédio. De qualquer modo, no que diz respeito a dinheiro, acreditava que mesmo sem pedir nada eram os homens que insistiam em abastecê-la. Abandonando Matsuko em meio à turba, Kimie ergueu os olhos para contemplar o edifício da loja de departamentos Mitsukoshi refletindo os raios solares e, sem se voltar, atravessou o cruzamento em diagonal. Um pouco arrependida de sua atitude brusca, voltou-se e viu Matsuko parada no mesmo lugar. Num gesto de despedida, curvou levemente o corpo. Sentindo-se redimida pela iniciativa, sumiu na multidão.

4. Turno: rodada de mesa de clientes. [N.T.]

DOIS

Duas ou três casas depois da loja de secos e molhados, na direção da ponte Kyobashi, duas mulheres nuas esculpidas em gesso, uma de cada lado do enorme arco aberto bem no meio da fachada de sete metros e meio, seguravam uma placa com a inscrição DON JUAN em letras ocidentais. À noite, as letras ficavam iluminadas em vermelho. Ali era o café onde Kimie trabalhava e ao longo de toda a ruela se alinhavam, quase um ao lado do outro, uma fileira de cafés de igual aparência. E se a pessoa não prestasse muita atenção, poderia entrar sem diferenciar um do outro. Embora já estivesse trabalhando havia mais de um ano no local, Kimie ainda se confundia e mesmo agora recorria à ótica de um lado e à loja de ferramentas do outro para localizar a entrada da ruela. Apesar da largura da ruela ser apenas suficiente para uma pessoa, havia uma fileira de latas de lixo ao longo da passagem, de modo que mesmo na época mais fria do inverno moscas varejeiras zuniam nervosamente e, até em plena luz do dia, era comum se deparar com ratazanas do tamanho de doninhas. Quando alguém se aproximava, elas corriam sobre poças d'água, respingando lodo com seus rabos.

Segurando a barra do quimono, Kimie avançou cerca de dez passos pela ruela. Aos poucos, os rostos das pessoas no caminho ficaram mais familiares. Ao cruzar a entrada do estabelecimento, um odor de óleo ordinário invadiu suas narinas como uma onda. Este lugar com inúmeras panelas espalhadas era a cozinha. Era fácil perceber que fora construída posteriormente. Bem diferente da respeitável fachada para o lado de Ginza, com suas paredes e telhado de chapas galvanizadas, mais parecia um abrigo de emergência usado após o grande terremoto em Tóquio. Sem tirar o calçado, Kimie subiu os degraus da escada íngreme que se apoiava no chão de terra batida. A escada levava a um recinto de dez tatames onde haviam instalado quatorze ou quinze penteadeiras enfileiradas ao longo das quatro paredes. Faltavam cinco ou seis minutos para as três horas. Estava chegando a hora do segundo turno para substituir as mulheres daquele que começara às onze. No recinto repleto de gente não havia um único lugar para sentar. Frente aos espelhos, duas ou três garotas espichavam o pescoço competindo por espaço para aplicar a última camada de maquiagem ou ajeitar o penteado. Outras, de pé, trocavam de roupa, ou, sentadas com as pernas cruzadas, trocavam de tabi[5].

Kimie tirou seu haori de listras verticais, juntou com seu xale e embrulhou tudo no lenço furoshiki[6]. Em seguida, levou-o para o armário perto da porta e guardou-o no compartimento identificado com seu nome. Depois, retocou

5. Tabi: meia tradicional, com apenas duas divisões: para o dedão e para os outros dedos. [N.T.]

6. Furoshiki: tecido quadrado que os japoneses utilizam para embalar e proteger produtos ao transportá-los. [N.T.]

o nariz com pó de arroz de seu estojo compacto. Caminhou ao longo do corredor e acabava de passar pela porta do depósito quando deu de cara com outra garçonete, de nome Haruyo, que vinha do segundo andar. Como o caminho de volta para casa de ambas ficava na direção de Yotsuya, dentre as outras sessenta mulheres era com ela que Kimie tinha mais intimidade.

— Haru-san. Você me deu cano ontem à noite. Vai ter que me pagar uma bebida depois do expediente.

— A culpa foi sua. Fiquei um tempão esperando você. Vamos combinar de voltar juntas para casa esta noite. Assim, ambas economizaremos.

Kimie continuava seu caminho em direção ao segundo andar quando ouviu a voz do rapaz encarregado de tomar conta dos sapatos chamando-a insistentemente debaixo da escada.

— Kimie-san, telefone!

— Estou indo — respondeu em voz alta, resmungando em seguida: — Quem será? Que estranho!

Desviando de mesas e vasos de planta, correu a passos curtos e desceu a escada.

O térreo era uma grande sala única, onde tudo estava à vista, e que tinha uma grande porta de vidro voltada para Ginza. Embora ampla, estava toda atravancada com mesas e cadeiras. Ao longo das paredes, à esquerda e à direita, enfileirava-se uma espécie de camarote com mesa e cadeiras acopladas. Do teto pendiam lanternas e flores artificiais. Embaixo, além de vasos de planta entre os móveis, havia uma divisória de plantas vivas como aquelas usadas nos teatros. Abarrotada de coisas, a primeira impressão era de desordem geral. Havia também um bar instalado num canto ao fundo da sala, em cujas prateleiras alinhavam-se garrafas de bebida ocidental. Bem debaixo de um grande relógio de pêndulo fixado na parede estava a mesa do caixa e próximo a ela, atrás da porta de vidro, o telefone. Kimie, distribuindo sorrisos para cada um que passava, seguiu a passos rápidos até a cabine.

— Alô, quem está falando?

Na verdade o telefonema não era para ela, e sim para outra garçonete chamada Kiyoko.

Empurrou a porta da cabine com a ponta do pé e chamou: — Kiyoko-san, telefone! — ao mesmo tempo em que se voltava para olhar ao redor.

Ainda era cedo e havia no salão apenas dois grupos de fregueses com sete ou oito garçonetes reunidas em volta de cada um. Espremeu os olhos, espiando entre as folhas da divisória, mas nenhum sinal de Kiyoko. Alguém comentou:

— Deve estar no turno da manhã.

Kimie repetiu a informação ao telefone, desligou e já estava saindo da cabine quando ouviu alguém chamá-la. Era um homem magro de meia-idade vestido à moda ocidental, apoiado no balcão do caixa.

— Kimie-san. Como foi a leitura da sorte?

— Acabei de vir de lá.

— Foi se consultar sobre homens?

— Se fosse isso não haveria necessidade de consultar um vidente. As coisas já não são assim, Komatsu-san. Eu estou bem pessimista.

— É mesmo, Kimie-san?

Ao sorrir para Kimie, o homem de rosto redondo, chamado Komatsu, formou pequenas dobras no canto dos olhos estreitos. Na casa dos quarenta, trabalhava como contador em alguma danceteria em Kanda. Todos os dias, antes de ir ao trabalho, às seis da tarde, fazia ronda pelos seus cafés preferidos. Atendia com prazer toda sorte de pedidos das mulheres, tais como encontrar quartos de aluguel, resgatar objetos do penhor, comprar entradas de teatro — não havia nada que ele se recusasse a fazer por elas. Sua maior alegria era receber agradecimentos com gritinhos de "Komatsu-san! Komatsu-san!". Se por um lado nunca falava nada desagradável, por outro nunca bebia ou comia. Há quem diga que na juventude ele trabalhou como assistente de gueixa, carregando o shamisen[7] quando elas precisavam fazer serviço externo. Outros dizem que ele trabalhou de valete para atores. Foi ele que falou para Kimie sobre o vidente em Hibiya.

— Kimie-san, o que ele disse? Descobriu alguma pista?

— Bem, de certa forma... Ele disse várias coisas, mas também que não estava nada claro. E eu, de minha parte, não fiquei insistindo em perguntar nada em particular...

— Assim não adianta. Kimie-san, você é tão sossegada.

— Acho que desperdicei um iene.

Só agora, com alguém lhe inquirindo, Kimie percebeu que as previsões do vidente estavam totalmente fora de foco e como ela tinha sido pouco objetiva nas perguntas. Devia ter

7. Shamisen: instrumento musical de três cordas, percutidas por uma palheta. [N.T.]

interrogado o vidente de forma mais contundente e detalhada, mesmo que o fizesse sentir acuado.

— De qualquer forma, Komatsu-san, ele disse que no momento não corro nenhum perigo. É só disso que eu me lembro. Ele disse um monte de coisas, mas simplesmente "nada estava claro". É isso aí. Afinal, é a primeira vez que consulto um vidente. A menos que alguém esteja acostumado com isso, não deve funcionar bem, mesmo. Talvez seja preciso fazer as perguntas certas para uma boa leitura.

— Talvez haja um jeito certo para fazer previsões, mas não deve existir um jeito certo de perguntar.

— Sim, mas quando se vai ao médico pela primeira vez não dizem que precisamos contar tudo em detalhes para que ele nos ajude? Acho que o mesmo ocorre com os videntes.

Da escadaria da frente, uma garçonete rechonchuda e já madura, com mais de trinta anos, chamada Choko, apareceu segurando uma nota de dez ienes nas mãos.

— A conta, por favor — disse em frente ao caixa, enquanto dava uma boa olhada em sua figura refletida num grande espelho de parede para ajeitar a gola do quimono.

— Kimie-san, Ya-san está no andar de cima. Vá falar com ele, por favor. Ele está dando trabalho.

— Eu o vi agora há pouco, mas como ainda não era meu turno, desci direto. É verdade que ele era o patrão de Tatsuko-san?

— Sim. Ela foi trocada pela Yo-san da companhia de cinema Nikkatsu — explicava Choko, quando a mulher do caixa lhe entregou a nota com o troco.

Foi nessa hora que duas figuras, saindo pela porta lateral do caixa que leva à cozinha, apareceram refletidas no espelho do bar. Eram o dono do café, chamado Ikeda, e seu empregado Takeshita. Para não ter o trabalho de cumprimentá-los, Choko e Kimie fingiram não vê-los e se apressaram rumo ao andar superior. Ikeda, um homem na casa dos cinqüenta, de rosto fino e dentes proeminentes, voltara de uma colônia de imigrantes na América do Sul na época do grande terremoto. Usou suas economias para abrir cafés em três grandes cidades: Tóquio, Osaka e Kobe. Os rumores diziam que ele ganhava um bom dinheiro.

Chegando ao andar superior, Choko levou o troco aos dois homens sentados na mesa junto à parede. Kimie se dirigiu a uma mesa perto da janela, de onde se avistava a avenida Ginza. O homem chamado Ya-san estava sentado lá.

— Seja bem vindo. Não o tenho visto ultimamente.

— Você tirou as palavras da minha boca. O jeito como se comportava no outro dia! Nunca me senti tão humilhado em minha vida.

— Ya-san, às vezes somos obrigadas a agir assim. — Falando suavemente, Kimie aproximou sua cadeira até que seus joelhos se encostaram aos dele, e, como se fossem muito íntimos, pegou um cigarro do estojo Shikishima em cima da mesa e o colocou na boca.

Ya-san apresentava-se como gerente de uma importadora de automóveis em Akasaka-Tameike. Há tempos, ele não só freqüentava diariamente o café à tarde, quando as moças estavam mais livres, como também costumava levar quatro ou cinco delas para jantar depois do trabalho. Às vezes, para se mostrar, trazia uma gueixa a tiracolo. Esse homem de quarenta e poucos anos costumava tirar seus dois anéis de diamante dos dedos para mostrá-los às moças, enquanto falava interminavelmente sobre a metodologia de avaliação das jóias e estimativas de seus preços. Convencido e vulgar em tudo, ele era de provocar arrepios na espinha. Mas como costumava ser muito esbanjador, as garçonetes faziam enxame à sua volta e o bajulavam até não poderem mais. A própria Kimie já tinha recebido dele entradas para peças de teatro em duas ou três ocasiões. Uma vez, durante as férias, ele a levou até Matsuya e comprou-lhe um casaco para quimono e um lindo colarinho. Agora ela sentia uma certa obrigação para com ele. Caso a convidasse para um jantar e depois fizesse uma proposta, não estava em posição de poder simplesmente recusar. Por essa razão, ao ser provocada por Ya-san, em vez de sair com evasivas, achou melhor falar abertamente com ele, a fim de evitar maiores problemas. Disfarçando seu desapontamento com um sorriso, Ya-san respondeu:

— Puxa, fiquei com ciúmes. Você agiu mal comigo.

E, por estar diante de outras três ou quatro garçonetes sentadas em volta da mesa, fingiu estar apenas brincando e continuou:

— Eu estava sentado bem atrás de você e ouvi tudo o que disseram. Estavam os dois de mãos dadas no meio de todas aquelas pessoas.

— Não é verdade! Se quisesse ficar agarradinha não teria ido a um teatro. Teria ido a qualquer outro lugar.

— Como é horrível!

Ao fingir que ia bater nela, a mão de Ya-san acabou esbarrando na garrafa de soda que estava no canto da mesa.

Todas as mulheres gritaram ao mesmo tempo e pularam das cadeiras. Algumas não só recolheram as longas mangas do quimono, como também arregaçaram a barra para não serem atingidas pelos respingos da soda, que escorria da mesa até o chão. Kimie, sendo a causadora da confusão, foi buscar um pano de limpeza e, segurando entre os dentes a ponta da manga, começou a limpar a mesa. Nessa hora, dois ou três clientes subiram até aquele andar.

— Sejam bem vindos — disse a veterana Choko para o grupo e, antes mesmo de pegar o pedido, chamou a garçonete com sua voz estridente:

— De quem é este turno?

— Deve ser de Kimie-san.

Ao ouvir alguém responder assim, Kimie jogou o pano para dentro de um vaso de planta e correu a passos pequenos até os fregueses, respondendo "Si-i-im".

Os recém-chegados, dois cavalheiros de uns cinqüenta anos ou mais, ambos usando bigodes, voltavam evidentemente das lojas Matsuya ou Mitsukoshi, pois seguravam sacolas de papel. Depois de pedirem chá preto, sem darem atenção às garçonetes, iniciaram uma longa conversa sobre negócios. Aproveitando isso, Kimie foi sentar-se no box junto à parede, onde outras garçonetes, sem muito o que fazer, estavam reunidas. Havia espalhados na mesa, misturados a jornais e revistas, petiscos como yokan[8], biscoitos e amendoins ainda embalados. As mãos das garçonetes moviam-se a esmo pegando um ou outro petisco, que jogavam dentro da boca. Já estavam cansadas de falar de cinema ou fofocar

8. Yokan: doce de feijão. [N.T.]

sobre colegas de trabalho. E, mesmo assediadas pelo sono, naturalmente não podiam cochilar em serviço. Ociosas, pareciam apenas esperar o tempo passar. De repente, uma garota sentada num dos cantos, que olhava fotos em uma revista, exclamou:

— Olha que beleza! É a esposa do Kiyooka-sensei.

Ouvindo isso, todas as garçonetes que estavam descansando naquele canto levantaram o rosto em sua direção. Até Kimie, com a boca cheia com um naco de *yokan*, inclinou-se levemente para frente.

— Qual delas? Mostre-me. Eu ainda não sei como ela é.

— Aqui. Dê uma boa olhada.

A garçonete estendeu a revista debaixo do nariz de Kimie. A foto era de uma respeitável mulher casada sentada na varanda. Na legenda se lia: "A vida familiar de uma celebridade. Tsuruko, esposa do escritor Kiyooka Susumu."

— Kimie-san. O que acha disso? Se eu fosse você, rasgaria isso em pedacinhos.

A garçonete que disse isso lançou um amendoim sobre a foto. Era Tetsuko, recém-casada com um dentista, mas que se viu forçada a trabalhar com garçonete devido a dificuldades financeiras.

— Vocês são muito ciumentas! — E como se estivesse surpresa, olhou de volta para Tetsuko: — Qual o problema? Uma esposa é uma esposa. Eu não preciso me preocupar com isso.

— Você tem tanto senso prático, Kimie-san — piscou Yuriko, uma ex-dançarina que largara a profissão para trabalhar no café.

Ruriko, que já fora assistente num salão de beleza, acrescentou:

— De qualquer forma, o sortudo é o Kiyooka-san. Tem uma linda esposa e sua número dois é uma famosa garçonete de Ginza.

— O que você quer dizer com famosa? Não me venha com essa.

Propositadamente fingindo estar brava, Kimie se levantou e saiu em direção à mesa de Yata-san, da importadora de carros, abandonado por ela durante todo aquele tempo. Mesmo sabendo que ela não falava a sério, suas colegas a acompanharam com o olhar preocupado. Ruriko conhecia Kimie desde os tempos em que trabalhavam informalmente como prostitutas e já se haviam encontrado duas ou três vezes em bordéis. E inclusive naquela época, em que por coincidência trabalhavam no mesmo café, parecia haver um acordo tácito entre as duas para guardar os segredos. Sabendo que nada que falasse poderia causar séria ofensa à companheira, Ruriko não se preocupou nem um pouco. Ao ouvir alguém batendo repetidamente na mesa, imaginou se não seria um de seus clientes chamando-a e olhou para a direção do som. Foi quando avistou uma figura de terno, refletida no espelho do outro lado da sala, subindo a escada. Reconhecendo-o imediatamente, Ruriko sussurrou para as amigas:

— Ora, se não é o Kiyooka-sensei!

— Sensei, estávamos justamente falando sobre o senhor.

Haruyo, umas das amigas íntimas de Kimie, disse enquanto corria em sua direção:

— Há uma boa mesa daquele lado.

Enroscou seu braço no dele e o conduziu até uma mesa discreta, longe das vistas do público. Era um gesto de solidariedade de Haruyo para proteger Kimie de um eventual constrangimento, já que o negociante de carros, Yata-san, que sempre pressionava Kimie por atenção, ainda permanecia no local.

— Estou com calor só de vir caminhando até aqui. Vou querer uma cerveja preta ou algo parecido.

Dizendo isso, Kiyooka Susumu enfiou no nicho debaixo da mesa as revistas e jornais que carregava, tirou seu chapéu, um novíssimo modelo de veludo cinza, e o pendurou no galho de uma de planta artificial que servia de enfeite. Vestia um terno azul-marinho de lã, botões duplos com uma gravata borboleta, e aparentava trinta e cinco ou trinta e seis anos. O nariz afilado e queixo saliente, somado à palidez do rosto de grandes olhos e face encovada, denotava uma personalidade nervosa e irascível, contrastando com a longa cabeleira jogada para trás em planejado desalinho. Qualquer um que o visse reconheceria nele um artista no auge da fama ou um galã de cinema. Embora tivesse um pai estudioso de literatura chinesa, Kiyooka apresentou rendimento absolutamente baixo nos seus tempos de estudante numa universidade regional perto de Sendai. Depois de se formar, ele se aproximou de vários escritores novos, mas foi somente dois ou três anos antes que escreveu algo a atrair a atenção dos críticos. Fortuitamente, sem que se soubesse como lhe surgiu a inspiração, resolveu adaptar uma obra clássica de Kyokutei Bakin, *Musobei Kocho Monogatari*, mudando a pipa da obra original para aeroplano e, sob o título *Ele voa para onde quiser*, transportou toda a trama do livro para o mundo contemporâneo. O resultado foi uma obra de ficção em linguagem atual, publicada em tiras em algum jornal. O livro foi um tremendo sucesso: adaptado para o teatro com as técnicas da dramaturgia moderna, tornou-se até enredo de cinema. Depois disso, a cada novo livro publicado, a estrela de Kiyooka subia. Naquele momento suas obras estavam em quase todas as publicações.

— Este é outro livro seu, sensei? — perguntou Haruyo, pegando sem cerimônia um volume deixado na mesa e dando uma olhada na capa. — Eles ainda não transformaram essa história em filme, suponho.

Kiyooka, fingindo-se entediado pela pergunta, disse:

— Haru-san, poderia fazer um telefonema para uma pessoa chamada Muraoka? Ele deve estar no departamento editorial do jornal *Maruen*. Aqui está o número. Diga para ele vir rápido.

— Muraoka-san? É o Muraoka-san que nós conhecemos?

— Isso mesmo.

Haruyo ia fazer a ligação quando Sadako, a garçonete do turno, chegou trazendo uma bandeja com cerveja preta, amendoim e uma pequena tigela. Enquanto servia a bebida disse:

— Sensei, há algo em seu livro que me traz profundas lembranças. Na época, mesmo sem nenhuma garantia de que ganharia um papel, entrei em Kamata[9] pela primeira vez.

— Quer dizer que você já esteve em Kamata, Sada-san?

9. Kamata: região do bairro de Ota, no subúrbio de Tóquio. Antes da Segunda Guerra era o bairro do cinema, onde surgiu a companhia Shochiku. [N.T.]

Segurando o copo com uma das mãos, Kiyooka lançou um olhar oblíquo para Sadako. — E por que desistiu?

— Por quê? Porque eu não tinha qualquer chance.

— Não pense que a estou lisonjeando, mas um rosto como o seu, Sada-san, seria perfeito para o cinema. Aposto que foi porque não ouviu o diretor. As mulheres, qualquer que seja sua ocupação, precisam do apoio de um homem. Mesmo as escritoras, até seus trabalhos começarem a vender, têm alguém em quem se apoiar.

Kimie, com um cigarro entre os lábios, aproximou-se e se sentou silenciosamente ao lado de Kiyooka. Haruyo, voltando com a resposta do telefonema, também sentou-se e disse:

— Sensei, ofereça-nos alguma coisa. Quer pedir alguma coisa, Kimie-san?

— Eu me satisfaço com isso — respondeu Kimie, que pegou o copo com o resto de cerveja que Kiyooka tinha deixado.

— Como estão íntimos! Então, Haruyo-san, que tal pedirmos arroz com frango?

Dizendo isso, Sadako tirou sua caderneta do obi, anotou o pedido e se afastou.

A sombra do pôr-do-sol que até havia pouco iluminava a janela desapareceu e, de repente, o som do fonógrafo repercutiu no ambiente. Era o sinal que indicava cinco e meia da tarde. As garçonetes que estavam descansando desde as três retomaram seus postos, já com a maquiagem retocada. Luzes foram acesas nos dois pavimentos. Mesmo que o entardecer de um longo dia de verão não findasse ainda lá fora, dentro do café a efervescência da noite já começava.

TRÊS

Como o trajeto para a casa de ambas era o mesmo, na direção de Yotsuya, Kimie e Haruyo geralmente deixavam juntas o café após o trabalho para pegar um táxi nas vizinhanças da ponte Sukiyabashi. Havia muita gente em Ginza e, além disso, a clientela dos cafés, composta em grande parte por bêbados, ainda perambulava pelas ruas. Para fugir deles, elas preferiam caminhar um pouco e parar táxis de um iene que passavam pelo caminho. Barganhavam o preço da corrida e só embarcavam naqueles cujo motorista concordasse em levá-las por trinta sens[10]. Naquela noite, as duas atravessaram a ponte Sukiyabashi, passaram por baixo da ponte férrea e, perto do cruzamento de Hibiya, ainda não haviam encontrado nenhum motorista que concordasse com aquele valor.

— O que é? Estão desdenhando de nós? Até aquele ali que pensei que pararia, acabou nos deixando — revoltou-se Haruyo.

— Não tem importância. Vamos caminhando sem pressa. É até melhor, pois exagerei um pouco na bebida.

10. Sen: centavo de iene. [N.T.]

— Já é verão, não? O fosso do castelo parece um cenário de teatro.

No cruzamento em Hibiya, apesar da hora, havia muita gente no ponto esperando pelo coletivo.

— Vamos economizar esta noite e voltar de coletivo.

Quando as duas começavam a se encaminhar para o ponto, atravessando a larga faixa de pedestres do cruzamento, uma figura masculina, vestida de terno, surgiu de repente na frente delas. Surpresas, olharam para ele e reconheceram Yata-san, o homem dos anéis de diamante que naquela mesma tarde havia estado no café.

— O senhor está realmente aproveitando a noite! Onde estava bebendo?

— Vou levá-las para casa — disse Yata, erguendo a mão para chamar um táxi.

— Não se incomode. Não temos permissão para entrar no mesmo carro com clientes do café — Haruyo tentou recusar o oferecimento educadamente, mas Yata, que parecia escaldado com a estratégia, replicou:

— Isso deve valer em Ginza. Ninguém vai se importar se for aqui. Eu assumo a responsabilidade.

— Por que não pega o coletivo conosco e economiza uns trocados, Ya-san?

Assim dizendo, Kimie dirigiu-se rapidamente ao coletivo vermelho que estava chegando. Yata sequer teve tempo de protestar. Sem outra alternativa, seguiu as duas mulheres e embarcou no coletivo que ia a Shinjuku.

No coletivo, mais vazio que de costume, estavam três garçonetes desconhecidas de um outro café e cinco ou seis homens. Todos dormindo nos assentos. Até o coletivo passar por Hanzomon e se aproximar de Yotsuya-Mitsuke, Yata permaneceu quieto, sem abrir a boca como se não as conhecesse. Mas assim que viu Kimie deixando Haruyo para trás e se levantando para descer, apressou-se em segui-la e desceu também.

— Kimie-san, sem essa de baldeação. Vamos chamar um táxi.

— Não precisa. É logo ali.

Kimie começou a andar na calçada deserta ao longo do fosso, em direção a Honmura-cho. Alguns motoristas de táxi, passando pelo caminho, paravam e estendiam a mão pela janela, fazendo sinais de desconto. Outros, com rostos sujos para fora, passavam caçoando do casal. Yata colou o corpo em Kimie e disse:

— Kimie-san, precisa mesmo voltar para casa? Não pode me fazer companhia pelo menos esta noite? Hein, Kimie-san? Se não puder a noite inteira, pode ser só uma hora ou trinta minutos. Podemos apenas conversar um pouco e depois cada um vai para sua casa. Fique comigo, por favor. Não vou forçá-la a nada. Levo-a de volta antes que a noite acabe.

— Já é muito tarde. Se me atrasar demais, não poderei voltar para casa. E amanhã meu turno é o da manhã.

— O café da manhã só começa às onze horas. Estamos perdendo tempo enquanto discutimos. Algum problema se for por aqui? Que tal Araki-cho ou Ushigome?

Segurando a mão de Kimie, Yata se recusava a sair do lugar.

Como a rua por cima do aterro seguia em suave aclive, a cada passo parecia que o céu noturno se expandia no horizonte e era possível avistar o fosso ao longo do castelo entre Ichigaya e Ushigome num único relance. Aterro, árvores e arbustos cobriam indistintamente a paisagem como se fosse uma névoa de azul índigo. A doce brisa da madrugada conduzia o aroma verdejante da grama e flores de pasania. Ao longe, no céu, atrás do pinheiro plantado junto ao fosso, ouviu-se um canto parecido ao de uma garça.

— Oh, até parece que estamos no campo — Kimie ergueu seus olhos para o céu.

A sugestão de Yata não tardou:

— Por que não vamos a um lugar tranqüilo? Sacrifique só esta noite. Por mim.

— Ya-san, e se formos vistos e as coisas se complicarem para mim? Poderia assumir o lugar do meu patrão? É que, para ser sincera, eu estava pensando em largar o café — disse Kimie, testando as intenções de Yata. Colando seu corpo de propósito ao dele, passaram a andar em silêncio. O verdadeiro plano de Kimie era saber se o agrado de Yata pela noite seria generoso ou não.

— Quem é ele? É o homem com quem foi assistir ao concerto outro dia?

— Não — começou Kimie, mas logo arrependeu-se — Si... sim. É ele mesmo.

O homem com quem ela fora ao concerto não era nem patrão nem amante. Era, da mesma forma que Yata, apenas um cliente avulso que lhe aparecera na noite.

— É mesmo? Então aquele é o seu patrão? — Acreditando piamente nas palavras de Kimie, Yata continuou — Ora, se ele a tem patrocinado até hoje, não poderá acabar com a relação assim, de uma hora para outra. Não quero que ele fique com raiva.

Kimie teve que conter o riso.

— Mas é por isso que estou dizendo. Se por alguma infelicidade as pessoas ficarem sabendo, as coisas podem se complicar. O que acontecer esta noite terá que ficar em absoluto segredo.

— Não se preocupe quanto a isso. Estamos seguros. E se alguma coisa acontecer, eu me responsabilizarei — disse Yata, exultante em saber que pelo menos aquela noite seria dele. Aproveitando o fato de estarem sozinhos na beira do fosso, Yata puxou Kimie para perto de si e a beijou no rosto.

Sem que se dessem conta, já haviam passado pela estação de trem de Honmura-cho e estavam próximos do fim da ladeira, onde um grande pinheiro estendia seus galhos. A uma certa distância, via-se a luz do poste de iluminação pública entre a estação de Ichigaya e o posto policial em frente ao santuário Hachiman.

— Aquele posto policial pode nos trazer problemas. Quando se passa um pouquinho da hora eles já vêm fazer um monte de perguntas. Vamos pegar um táxi.

Yata, ansioso para não perder a oportunidade, olhou ao redor à procura de um táxi. Para sua infelicidade, não havia sinal de um deles por ali e o casal parou onde estava.

— Moro logo ali, entrando naquela travessa. Está vendo a farmácia na esquina? É fácil de localizar, porque quando começa a escurecer o luminoso das pastilhas Jintan é ligado. Vou guardar estas coisas e volto logo. Espere-me aqui.

— Ei, Kimie-san. Vai voltar mesmo? Não está pensando em me tapear, está?

— Nunca faria uma coisa dessas. Se estiver desconfiado, acompanhe-me até mais perto. A senhoria sempre deixa a porta sem trancar até que eu esteja de volta.

Virando a esquina, cinco ou seis casas depois do pinheiro, entrava-se numa pequena ruela. Constratando com a vista ampla ao longo do fosso, a ruela estreita, além de ferir as narinas com seu cheiro, apresentava casebres de fachadas irregulares que se alinhavam nos dois lados da rua. Embora estivessem intercalados com pórticos, cercas vivas e de bambu, o mal estado de conservação só reforçava o aspecto de pobreza. Chegando em frente a uma peixaria que ostentava uma placa pendurada no beiral, Kimie disse "espere-me aqui" e entrou na ruela que começava debaixo do telhado do estabelecimento. Yata queria continuar seguindo a moça de perto, mas, temendo ofendê-la, parou e ficou alguns minutos à penumbra espreitando de pescoço espichado. Ao ouvir o rangido pesado de um portão sendo empurrado, sentiu algum alívio. Porém, o desejo irresistível de constatar com os próprios olhos o fez avançar um ou dois passos para dentro da ruela. De repente, sentiu o sapato afundar em algo macio que parecia ser lama ou poça d'água. Recuou rápido o pé e estava tentando limpar a sujeira, raspando o sapato nos pedregulhos da calçada e amparado pela claridade da lanterna da peixaria, quando Kimie voltou e exclamou:

— Ora, o que aconteceu?

— Nossa, que rua mais suja! Que fedor. Devo ter pisado em cocô de gato ou cachorro.

— Foi por isso que lhe disse para esperar lá fora. Você está realmente cheirando mal.

Kimie deu um passo para trás, afastando-se de Yata, que se aproximava.

— Eu estou de sandálias. Não quero sujar meu tabi.

Enquanto andavam, Yata se esforçava em raspar a sola do sapato nos pedregulhos. Quando voltavam para a rua do fosso, finalmente conseguiu limpar-se de vez, em toras de lenha e sacos de carvão que havia debaixo do beiral de uma casa de esquina. Tinha acabado de se limpar quando, sem que eles tivessem chamado, um táxi parou bem em frente aos dois.

— Ladeira Kagurazaka. Pago cinqüenta sens.

Pegando Kimie pelas mãos, Yata entrou no carro.

— Vamos de táxi até o pé da ladeira. Depois continuaremos a pé.

— Está bem.

— Por alguma razão, hoje estou com vontade de andar — disse Yata, enquanto passava o braço em volta de Kimie e puxava-a com delicadeza para junto de si. Sem oferecer qualquer resistência, ela se deixou apoiar e, apesar de estar ciente da situação, perguntou de propósito:

— Para onde está me levando, Ya-san?

Yata, por sua vez, achou que ela estava fingindo descaradamente, mas como não sabia nada de seu passado e restava ainda uma pequena possibilidade de Kimie ser de fato inocente, como queria fazê-lo acreditar, resolveu que o melhor era entrar no jogo dela. Aproximou a boca do ouvido dela e sussurrou:

— Uma casa de chá. Alguma objeção? Já está tarde. Conheço um lugar ótimo. Mas se tiver alguma outra sugestão, diga.

Pega de surpresa pela resposta, Kimie não soube como reagir e simplesmente disse:

— Não. Para mim, qualquer lugar será bom.

— Então vamos descer ao pé da ladeira. Conheço uma casa tranqüila atrás do café Ozawa.

Kimie apenas balançou a cabeça em sinal de consentimento e olhou para fora, terminando assim a conversa. Logo em seguida, o táxi estacionou ao pé da ladeira Kagurazaka. Todas as lojas já estavam fechadas. Até as barraquinhas ao ar livre, que no início da noite estavam apinhadas de gente, tinham sido recolhidas, deixando nas ruas seu rastro de lixo e papel. Àquela hora da noite, apenas algumas barracas de comes e bebes ainda funcionavam aqui e ali ao longo da ladeira. Fora os poucos veículos que circulavam, procurando caminho entre os passos trôpegos dos bêbados, só se viam gueixas cruzando a avenida, aparecendo e desaparecendo de uma ruela para outra. Ao passarem em frente à entrada do santuário Bishamon, Yata parou e olhou para a entrada de uma rua do outro lado.

— Acho que fica logo ali atrás, Kimie-san. Está de sandália, não é? Lá tem poças d'água.

A rua pavimentada de pedra era tão estreita que não dava para duas pessoas andarem lado a lado. Parecendo ainda temer que Kimie resolvesse fugir se ele seguisse sozinho na frente, Yata andou colado a ela, roçando braços e ombros nas tábuas dos muros. Prosseguiram caminhando meio de lado para caberem no exíguo espaço até o final da rua, onde havia algo semelhante a um pequeno santuário Inari. A rua bifurcava frente a um muro baixo de pedra e em uma das direções o percurso logo encontrava uma descida em forma de degraus. No meio do caminho ouviram o arrastar de sandálias de madeira e então surgiu uma gueixa segurando a barra do vestido. Yata e Kimie espremeram-se ainda mais para deixá–la passar. A gueixa, lânguida, andava sem vontade, sequer se importando com o cabelo em desalinho e a roupa amassada que denunciavam seus atos. Para Yata, é claro, e para Kimie também, ficou mais evidente a vocação desta tranqüila e escondida rua dos fundos e, como se tivessem combinado, os dois pararam por um momento para acompanhar a figura que tão bem representava o cenário noturno de uma rua do prazer. Alheia à atenção do casal, a gueixa continuou seu caminho e abriu a porta dos fundos de uma das casas de chá, na esquina à esquerda do pequeno santuário. Assim que entrou, com uma voz vívida que constratava com a aparência cansada de momentos atrás, gritou:

— Mãezinha. Desculpe a demora!

Kimie ouviu de longe e comentou:

— Ya-san, eu também quis ser gueixa um dia. É verdade.

— É mesmo, Kimie-san?

Surpreso, Yata já se preparava para perguntar mais detalhes quando os dois se viram em frente ao portão da casa de chá para onde se dirigiam. Ainda havia alguma movimentação no interior do estabelecimento. Yata bateu forte no portão fechado e chamou:

— Oi, oi.

No mesmo instante, ouviu-se o som da porta de vidro deslizar, alguém calçar as sandálias de madeira e a voz de uma mulher, que gritou:

— Quem está aí, por favor?

— Sou eu, Yata.

— Caramba, o senhor está realmente aproveitando a noite!

A empregada veio abrir o portão e ao ver Kimie se conteve, adotando uma atitude mais formal, e disse:

— Entrem, por favor.

A empregada os conduziu, passando na frente de uma porta de cedro que parecia ser a do banheiro, abriu a porta de um corredor de passagem e levou-os até um recinto de quatro tatames e meio, nos fundos da construção. Notava-se que a sala tinha sido desocupada havia poucos minutos, pois ainda recendia a saquê, e a fumaça de cigarro enchia o recinto. Nos frisos da mesa de madeira, um ou dois amendoins restavam esquecidos. Enquanto pegava um par de almofadas de uma pilha do canto, a empregada se desculpou:

— Já vou acabar a arrumação. Só há poucos minutos o quarto foi liberado para limpeza.

— Os negócios estão indo de vento em popa, hein?

— Oh, nada disso. É sempre o mesmo sufoco.

Depois a empregada saiu para buscar o chá com os petiscos de sempre.

— Vamos arejar um pouco o quarto.

— Sim, está abafado aqui.

Kimie engatinhou e estendeu o braço para o shoji[11] e o abriu. No meio de um pequeno jardim, além do beiral havia acesa uma luminária de pedra.

11. Shoji: porta corrediça de madeira leve ou bambu, com trabalhos de treliça e forrada com papel artesanal. [N.T.]

— Oh, que lindo! Parece um cenário de teatro.

— Um clima diferente do café, não acha? Podemos dizer que é um toque da antiga Edo — explicava Yata, estendendo as pernas em cima do degrau de pedra e acendendo um cigarro.

Do outro lado do arbusto via-se a janela iluminada do segundo andar. Embora a persiana de madeira estivesse abaixada, a figura de uma mulher com penteado estilo Shimada, em pé, despindo o quimono, projetava-se sobre o shoji. Kimie puxou suavemente a manga de Yata, mas nesse exato momento a sombra voluptuosa se espalhou amplamente até se dissipar como uma nuvem, restando apenas o som de vozes murmurando. Yata, ao que parece, não notou nada. Com as pernas ainda estendidas no degrau de pedra, tirou o paletó e afrouxou a gravata. Mas Kimie permaneceu na mesma posição, olhando vagamente para as sombras do quarto vizinho, até que a serviçal terminasse de servir o chá e trouxesse um par de yukata[12]. Sem nenhuma razão em particular, ela relembrava sua primeira experiência numa casa de chá. A casa ficava em Ômori, e não em Ushigome. Contudo, sentar-se na varanda de frente para o jardim interno ao lado de um homem, observar as sombras projetadas no shoji de um quarto do segundo andar do outro lado, atrás dos arbustos do jardim, e ficar aguardando até o quarto ser preparado não diferia em nada daquela noite. A única coisa que havia mudado era ela mesma. O misto de medo com excitação pela novidade da experiência, que sentira naquela noite, desapareceu com o passar dos anos.

12. Yukata: quimono leve, para o verão. [N.T.]

— Quer comer alguma coisa, Kimie-san? Estão dizendo que só tem macarrão chinês para servir.

Ao ouvir a voz de Yata, Kimie voltou o rosto e percebeu que ele havia trocado as roupas ocidentais pelo yukata e estava amarrando o cordão em volta da cintura.

— Não estou com fome.

Kimie começou a desamarrar o laço de seu haori.

A serviçal ajeitou a cesta onde estavam as roupas ocidentais de Yata, num canto do quarto, e disse:

— Hoje estamos com a casa lotada. Desculpem-nos, mas só temos este pequeno quarto para oferecer-lhes.

Em seguida tirou acolchoados do armário ao lado do toko-no-ma[13] e, enquanto ela ajeitava o quarto para dormir, Kimie e Yata voltaram a se sentar na varanda e observar o jardim. As cenas de sua primeira experiência retornaram ainda mais fortes na mente de Kimie.

— O ofurô estará com água quente a qualquer hora — e a serviçal se retirou do quarto.

— Em que está pensando, Kimie-san? Não vai se trocar?

Parecendo preocupado, Yata olhou Kimie de lado e acariciou sua mão.

Ainda vestindo o haori, Kimie começou a despir-se, retirando a faixa do quimono e o cordão. Depois tirou um a um os objetos do bolso interno e colocou-os sobre o tatame, enquanto sorria para Yata. Havia três anos, quando Kimie saiu de casa e foi morar com Kyoko, sua amiga dos tempos de escola que havia se estabelecido como amante de um homem

13. Toko-no-ma: alcova das salas japonesas, reservada para instalar objetos decorativos. [N.T.]

casado, chegou a se empregar como secretária na empresa de seguros onde o patrão da amiga trabalhava. Em menos de dois meses o gerente a seduziu e a levou para uma casa de chá em Ômori. Embora aquela fosse sua primeira experiência de dormir com um homem, ela não só tinha observado Kyoko trazer furtivamente vários homens para casa, como também já havia compartilhado o quarto da amiga com seu patrão. De forma que, como uma jovem aprendiz de gueixa, já estava familiarizada com assuntos desta natureza e até acalentava por eles um grande interesse. O convite do gerente veio a calhar para satisfazer sua curiosidade e foi aceito de imediato. Apesar de homem afeito ao mundo dos prazeres, o gerente de cinqüenta anos, ao ver Kimie agir com desenvoltura, bebendo e soltando piadas sem demonstrar o menor constrangimento, perdeu a libido e acabou indo embora. Ao relembrar os fatos, Kimie inconscientemente deixou aflorar um sorriso no canto dos lábios. Sem saber de nada e encorajado pelo sorriso, Yata abraçou-a com força e disse:

— Kimie-san, fico contente que tenha aceitado meu convite. Eu achava que não teria a menor chance.

— Claro que não. Afinal, sou mulher. E os homens sempre contam uns para os outros. É por isso que eu sempre o evitei.

Deixou-se ficar nos braços de Yata, ao mesmo tempo em que passou a mão por baixo do haori e desprendeu o fecho de seu obi. O fino tecido de fios de ouro deslizou livre pelos seus ombros, retorcendo-se ao cair, e revelou o peito nu que emergia por baixo da seda colorida, da camada mais íntima, entreaberta, do quimono. Yata, cada vez mais excitado, disse:

— Pode não parecer, mas sou homem de palavra. Não vou contar a ninguém.

— O pessoal do café é muito fofoqueiro. O que faço fora de lá não é da conta de ninguém.

Dizendo isso, Kimie desamarrou e soltou o corpete interno. Ainda no colo de Yata, arqueou o corpo com o peito para cima.

— Pode tirar tudo. Até as meias.

Em momentos como esse, quando era sua primeira experiência com um novo homem, o interesse de Kimie dobrava, se comparado a uma relação de longa data. Enquanto não o subjugasse por completo, não se dava por satisfeita. De vez em quando, durante as investidas dos homens, ela se perguntava quando começara com aquilo, e até pensava em se conter, mas tal pensamento apenas a impulsionava a ir mais fundo. Mais do que com homens bonitos, essa sua tendência se intensificava quando estava com velhos feios ou homens que num primeiro momento lhe pareceram repulsivos. Só depois é que vinham os calafrios de vergonha ao relembrar tudo o que tinha feito.

Naquela noite também, após sucumbir a todas as vontades de Yata, a quem achava um falastrão ordinário, estava, sem querer, pondo em ação seu velho hábito.

QUATRO

Na manhã seguinte, depois de descer do táxi que havia tomado com Yata perto do aterro da Academia Militar, Kimie seguiu direto para a ruela onde ficava seu quarto alugado. Ao se sentar na frente do espelho da penteadeira, sentiu uma súbita sonolência e, sem forças para retocar a maquiagem, apenas tirou seu haori. Ainda em seu quimono, enrolou o corpo e deitou-se de lado. Seu relógio de pulso marcava apenas nove e trinta. Fechou os olhos com a intenção de dormir até as dez, mas logo em seguida o sino da porta de entrada tocou e ela ouviu uma voz masculina. Surpresa por descobrir que a voz era de Kiyooka, Kimie imediatamente se levantou.

Kiyooka só vinha procurá-la em seu quarto durante a noite, e sempre quando no dia seguinte Kimie começava mais tarde no café, fazendo o turno das cinco horas. E mesmo nessas ocasiões ele sempre avisava antes, quando ela ainda estava no trabalho. Quase nunca vinha inesperadamente, pela manhã e num dia em que seu turno começava cedo. Será que ele ficara sabendo sobre a noite anterior? Dizendo a si mesma que ele não poderia descobrir nada tão rápido, e sentindo-se acuada, adotou uma expressão de tranqüilidade e falou alegremente:

— Acordou cedo hoje? Ainda não tive tempo de arrumar o quarto.

Quando ela alcançou o pé da escada, Kiyooka tinha acabado de tirar os sapatos e entrar. A velha senhora, que estava tirando o pó na entrada, veio em seu auxílio:

— Kimie-san. Mesmo que não aprecie o gosto, é melhor tomar o chá que lhe preparei antes de ir ao trabalho. Levei um susto ontem.

Entrando no jogo da velha, Kimie respondeu:

— Já estou bem. Deve ter sido alguma coisa que comi.

— O que aconteceu? Teve um mal-estar? — Dizendo isso, Kiyooka seguiu para o andar de cima e sentou-se à janela.

O andar superior era composto de duas salas contíguas. Uma de seis tatames e outra de três. Mas, fora um armário ordinário, uma penteadeira e uma bandeja com utensílios de chá, não havia quase nada. Mesmo em cima do armário não se via nenhum dos usuais objetos decorativos. Todo o pavimento era tão vazio que ressaltava ainda mais o aspecto insólito do chão de tatame velho e da parede suja de cor cinza. Além da única almofada de musselina em frente à penteadeira, desbotada e manchada de sujeira, havia apenas dois quimonos bem velhos de algodão jogados junto à parede. Kimie, como sempre fazia, virou a parte de cima da almofada da penteadeira para baixo e a ofereceu a Kiyooka. Ele, por sua vez, colocou a almofada em cima do peitoril da janela, ajeitou o vinco da calça e sentou novamente.

Abaixo da janela, viam-se no telhado de zinco, cuja pintura de asfalto começava a descascar, manchas da água usada na escovação dos dentes, restos de maquiagem, pedaços de papel e linha, e até a sujeira da varrição diária.

Diante do telhado imundo ficavam os fundos de uma casa de dois andares cuja fachada dava para a avenida bem em frente à Academia Militar. Atrás da lavanderia, onde estavam pilhas de roupa suja, cobertores e fraldas de bebê estendidos para secar, ouvia-se o zunido incessante das máquinas de costura e as batidas ritmadas das impressoras. Combinado a isso, do pátio da Academia Militar, gritos de comando no treinamento dos cadetes, o canto das marchas e o som da corneta. Como se não bastasse, durante o dia, dependendo da direção dos ventos, o pó da pista dos cavalos, fino como cinzas de carvão, era trazido pelo vento e invadia as janelas dos quartos, penetrando o tatame e até os armários fechados. Desde a primeira vez em que fora trazido para aquele quarto alugado, havia um ano, Kiyooka vinha tentando convencer Kimie a se mudar para um lugar mais limpo, com uma vizinhança melhor. Mas Kimie, embora concordasse com ele por educação, nunca tomava a iniciativa de se mudar. Os móveis continuavam os mesmos de um ano antes e pelo visto não havia sinal de ela ter adquirido sequer uma xícara de chá. Certamente o problema não era falta de dinheiro, mas não havia nem mesa nem biombo, a luminária continuava rachada e mesmo depois de um ano, o quarto parecia recém-alugado. Diferente das mulheres de sua idade, Kimie não mostrava nenhum interesse em decorar a janela com vaso de flores, enfeitar o armário com bonecas ou colar cartazes nas paredes. Logo no início do relacionamento, Kiyooka já tinha percebido que Kimie era um tanto excêntrica.

— Não precisa servir chá. Já está quase na hora do seu trabalho.

Dizendo isso, Kiyooka escorregou, com almofada e tudo, do peitoril da janela até o chão de tatame e cruzou as pernas.

— Eu também tenho um compromisso e preciso ir até a estação de Shinjuku. Por isso, resolvi dar uma passada.

— Ora, mesmo assim vou preparar-lhe um chá. Titia, a senhora tem água quente?

Kimie gritou e desceu a escada. Logo em seguida voltou, trazendo uma chaleira.

— Soube que você foi se consultar com um vidente ontem. Conseguiu descobrir quem está por trás daquele artigo de jornal que fala sobre sua pinta?

— Não. Ele não esclareceu nada. — Enquanto ia servindo o chá, continuou: — No começo, fui procurá-lo com a intenção de lhe fazer várias perguntas, mas quando chegou a hora me senti embaraçada e acabei desistindo. Quanto mais eu penso, mais fico intrigada. É uma coisa que ninguém poderia saber.

— Se um vidente não soube responder, pode tentar um médium ou um feiticeiro.

— O que é um médium?

— Você não sabe? Não são as gueixas quem mais consultam os médiuns?

— Ontem foi a primeira vez em que consultei um vidente. Achei tudo tão bobo. Esse tipo de coisa não funciona comigo.

— É por isso que eu disse desde o começo que não deveria se preocupar tanto.

— Mas é tão esquisito o fato de alguém saber de algo que ninguém deveria conhecer além de mim. É realmente muito estranho.

— Mesmo acreditando que ninguém além de você saiba de coisa alguma, os fatos sempre podem nos surpreender. Os segredos acabam vazando de uma forma ou de outra.

Assim que silenciou, Kiyooka sentiu que havia falado demais. Pôs o cigarro na boca e olhou para Kimie, estudando sua reação. Ela pareceu que falaria alguma coisa, mas permaneceu calada. Continuou segurando a xícara de chá perto da boca e voltou os olhos para Kiyooka. Os olhares se cruzaram. Ele fingiu engasgar com a fumaça do cigarro e desviou os olhos.

— A melhor coisa a fazer é esquecer o assunto.

— Tem razão.

Para mostrar sinceridade, Kimie até reforçou o tom de voz. Mas, não sabendo como continuar, sorveu devagar o restante de chá e abaixou a xícara silenciosamente. Kiyooka não podia saber que ela passara a noite com Yata em Kagurazaka. Mesmo assim, após dois anos de relacionamento, tinha consciência de que ele sabia de muitas coisas a seu respeito. Quanto ele sabia, isso não poderia dizer. Até chegou a considerar a hipótese de, num momento oportuno, terminar sua relação com Kiyooka e começar de novo com alguém que não soubesse nada sobre seu passado. Por alguma razão, Kimie não gostava de que as pessoas soubessem sobre sua vida. Mesmo para fatos sem necessidade de segredo, quando alguém lhe perguntava sobre isso, ela simplesmente sorria e desconversava, ou contava a primeira mentira que lhe viesse à mente. Inclusive em relação à própria família, com quem se espera uma intimidade maior, Kimie tinha um comportamento ainda mais distante, nunca revelando seus sentimentos mais recônditos. Quanto maior era sua afeição pelo parceiro, mais secreto ela mantinha seu coração. E quando o homem tentava conhecê-la mais profundamente, ela se fechava para não lhe revelar nada. As outras garçonetes do café diziam que ninguém era tão graciosa e gentil quanto Kimie, mas também ninguém era tão difícil de entender.

Kiyooka a conheceu na noite de seu primeiro dia de trabalho como garçonete num café chamado Salão Luck, às margens da lagoa Shitaya. Sua primeira impressão ao conhecê-la foi de que se Kimie nunca havia trabalhado como garçonete, provavelmente já fora gueixa. Suas feições eram comuns. Testa redonda, olhos e sobrancelhas finos, e de perfil seu rosto era bastante côncavo. Mas na nuca a raiz dos cabelos fazia um desenho tão perfeito do Monte Fuji que até parecia uma peruca. Havia ainda o indescritível charme da boca, de lábio inferior ligeiramente protuberante. Ao falar, a língua se movia de forma cativante por trás dos dentes alinhados como contas de um colar de pérolas. Além disso, a pele branca e os ombros arredondados eram com certeza os pontos fortes que ressaltavam sua beleza. Naquela primeira noite, Kyooka ficou impressionado com seu jeito suave de falar e ausência de qualquer vulgaridade no modo de agir. Entregou-lhe uma bela gorjeta de dez ienes e ficou esperando sua saída do lado de fora do café. Sem saber que estava sendo seguida, Kimie andou até o cruzamento das avenidas, onde embarcou no trem com destino a Waseda e fez baldeação em Edogawa. Quando chegou em Iidabashi, onde deveria fazer outra baldeação, viu que o último trem da noite já havia partido. Kiyooka, que a vinha seguindo de táxi, desceu e, fingindo estar ali por acaso, entabulou uma conversa. Mesmo sob insistentes perguntas, Kimie não quis revelar seu endereço exato, apenas dizendo que ficava em Ichigaya. Mas enquanto caminhavam ao longo do fosso até a altura da ladeira Osaka, deu ao homem todos os sinais de que estaria inteiramente à sua disposição.

Fazia pouco tempo que, em meio a lágrimas, Kimie havia se despedido de Kyoko, com quem havia morado enquanto atuavam juntas no mundo da prostituição. Kyoko havia se mudado da casa em Koishigawa, Suwa-cho, e ingressado numa casa de gueixas em Fujimi-cho. Kimie foi viver sozinha, alugando o segundo andar de uma casa em Honmura-cho, e desde então não freqüentou mais a agência de prostituição. Isso significava que havia mais de um mês que não dormia com homem algum e tampouco havia estado fora tão tarde da noite. Ver a paisagem tranqüila ao longo do fosso, no meio da madrugada depois de tanto tempo, fez seu coração bater de contentamento. Era início de maio e a brisa noturna acariciava sua pele por entre as mangas e dobras do quimono. Desconfiando de que Kiyooka fosse um jovem professor universitário ou algo parecido, Kimie estava bastante interessada nele desde o início. Porém, ocultou seu júbilo e assumiu um ar constrangido enquanto se deixava levar a uma casa de chá em Yotsuya-Arakicho. De natureza volúvel, Kimie tinha o mau costume de arder em desejo ao encontrar um homem, mas logo depois perder o interesse pelo mesmo. Desta vez, contudo, a relação entre os dois continuou ardente até o fim da tarde do dia seguinte e Kimie, não querendo se separar dele, faltou ao trabalho no café. Naquela noite os dois foram a uma hospedaria no parque Inogashira e a terceira noite, passaram-na no jardim Maruko. Só no quarto dia ela voltou com ele a seu quarto alugado em Ichigaya, onde eles finalmente se separaram.

Naquela época, Kiyooka estava à procura de alguém, depois que Suzuko, uma atriz de cinema com quem mantinha relações extraconjugais, o dispensou. Seduzido pelo jeito ardente como Kimie se entregava de corpo e alma ao prazer, Kiyooka insistiu para que ela largasse seu emprego no café, prometendo assumir qualquer luxo que ela pudesse querer. Kimie, porém, respondeu que tinha planos de abrir seu próprio café e gostaria de adquirir mais experiência no trabalho. "Nesse caso, Ginza seria um lugar mais apropriado" — disse ele. Pouco depois, fez com que ela deixasse o emprego no Salão Luck e a levou por duas semanas para viajar por Kyoto e Osaka. Quando retornaram, Kiyooka, aproveitando-se de seus contatos, conseguiu uma vaga para Kimie no Don Juan, um dos mais renomados cafés de Ginza. Logo depois, findou a estação das chuvas e veio o verão. Do alto verão até quando sopraram os primeiros ventos de outono, Kiyooka não desconfiou de nada e acreditou piamente que era amado de verdade por ela. Certa noite, porém, quando estava voltando do teatro com dois ou três colegas também escritores, resolveu passar pelo café. Lá ficou sabendo por outras garçonetes que Kimie reclamara de indisposição repentina e voltara cedo para casa. Depois de se despedir dos amigos, Kiyooka resolveu ir até o quarto alugado em Honmura-cho para ver como ela estava. No meio do caminho, viu a figura de uma mulher surgir na esquina de uma travessa na qual costumava entrar.

Embora ainda não fosse meia-noite, as casas ao longo da alameda já haviam cerrado suas portas, poucos pedestres e bondes passavam pelas ruas, e apenas um táxi corria solitário. A uma distância de quatro a cinco casas, Kiyooka logo constatou que a mulher vestia um leve quimono de seda claro, fechado por um obi de verão com estampas verdes de bambu. Desconfiado, atravessou a rua e a seguiu pela calçada do aterro. A mulher, com seus passos rápidos, passou sem se importar com a guarita e parecia, num primeiro momento, dirigir-se ao ponto de Ichigaya para esperar o bonde. Mas, de repente, entrou pelo portal do santuário Hachiman e, sem sequer olhar para trás, começou a subir a ladeira das mulheres[14] à esquerda. Cada vez mais desconfiado e preocupado em permanecer oculto, Kiyooka, que conhecia bem a área e contava com a energia de suas pernas, deu a volta e subiu correndo a ladeira Sanai. Entrou no jardim do santuário pelo portal dos fundos e olhou em volta. Um homem e uma mulher estavam sentados lado a lado no banco ao pé da escadaria de pedra do prédio principal, em frente ao penhasco de onde se tinha uma vista ampla do fosso Ichigaya-Mitsuke. No local espalhavam-se três ou quatro bancos, nos quais casais em encontro furtivos trocavam carícias. Isso era conveniente para Kiyooka, que assim pôde se esgueirar oculto pelas folhagens da cerejeira, próximo o suficiente para ouvir a conversa de Kimie e, ao mesmo tempo, descobrir a identidade de seu companheiro. Pensando consigo mesmo que nem em ficção uma

14. Há templos com escadas separadas para homens e mulheres. As escadas para mulheres são menos íngremes. [N.T.]

investigação seria tão bem sucedida quanto aquela, Kiyooka ficou impressionado de tal modo com o êxito da operação que naquele momento nem teve tempo de sentir raiva ou ciúme. O homem, com chapéu estilo panamá e vestindo apenas um yukata azul escuro, sem usar o haori de verão, segurava uma bengala. Apesar de aparentemente não se tratar de um idoso, seu alvo bigode se destacava mesmo à sombra da fraca luz do lampião do jardim. Abraçando Kimie pela cintura, abaixo do obi, ele dizia:

— Aqui está fresco e gostoso. Graças a você estou vivenciando experiências novas. Nunca imaginei que aos sessenta anos estaria sentado ao lado de uma jovem num banco de parque. Do outro lado do santuário ainda deve existir a academia de arco-e-flecha. Quando eu era jovem costumava praticar aqui. Desde então, passaram-se décadas sem que eu subisse por esta escadaria de pedra. A propósito, aonde iremos esta noite? Podemos continuar sentados neste banco.

O homem riu às gargalhadas e beijou o rosto de Kimie.

Ela continuou calada por algum tempo enquanto deixava o velho agir à vontade. Por fim, levantou-se suavemente do banco, consertou as dobras do quimono e, tocando com as mãos a presilha de cabelo, disse:

— Vamos andar um pouco.

Enquanto lado a lado começavam a descer a escadaria de pedra, Kiyooka deu a volta até a ladeira das mulheres por onde Kimie havia subido e os seguiu a distância. Sem notar nada, caminhavam sem pressa ao longo do fosso enquanto conversavam.

— O que Kyoko tem feito depois que se mudou para Fujimi-cho? Uma garota como ela deve estar muito ocupada.

— Ela disse que sempre tem a agenda cheia após o meio-dia. Certa vez fui visitá-la, mas nem tivemos tempo para conversar com calma. Que tal irmos procurá-la? Se ela não estiver, tudo bem.

— Hum. Será interessante passarmos a noite, nós três juntos, como antigamente. Tivemos momentos divertidos naquele segundo andar em Suwa-cho, não? Você e Kyoko formavam um par fantástico. E até nas horas sérias do dia, durante o trabalho, certos pensamentos estranhos me vinham à mente e eu me lembrava de você. Depois lembrava de Kyoko e parecia que eu estava dentro de um sonho.

— Mesmo assim, comparada a Kyoko, sou bem comedida.

— Não sei não. Você, justamente por aparentar ser uma menina de família, é até pior. As coisas mudaram depois que foi trabalhar no café? Como são os estrangeiros?

— Há muita fofoca em Ginza e por isso não se pode fazer tudo o que se quer. As gueixas, ao contrário, não têm nenhum problema em agir abertamente. Era bem mais divertido no tempo de Suwa-cho.

— E quanto ao patrão dela? Ele continua na cadeia?

— Acho que sim. Ela não comentou mais nada depois daquilo. Imagino que já não haja nada entre eles. De qualquer forma, para Kyoko era só uma questão de dívida por ele ter comprado sua liberdade. Ela não sentia nada em particular.

— Que nome ela está usando agora? Ainda é Kyoko?

— Não. Agora lá é Kyoha.

Os dois seguiram caminhando despreocupadamente, enquanto apreciavam a brisa fresca da noite e a agradável tranqüilidade ao longo do fosso. Contornaram a nova guarita, seguiram pelos trilhos do bonde ao pé da ladeira Hitoguchi, entraram numa travessa em Sanban-cho e pararam debaixo do luminoso de uma casa de gueixas com a inscrição KIRIHANA-YA. Como era uma noite quente de verão, todas as casas de gueixas da vizinhança continuavam com suas portas abertas. As gueixas estavam sentadas em banquinhos do lado de fora para se refrescar e conversar, quando o homem perguntou de modo familiar:

— Kyoha-san está?

Naquele momento, uma mulher de rosto redondo apareceu, vinda de dentro da casa. Vestida apenas com uma tanga abaixo da cintura, o penteado no estilo Shimada protegido com papel arroz, a mulher emergiu em toda sua nudez na entrada da propriedade.

— Ah, estão juntos. Estou feliz em revê-los. Vocês vieram na hora certa. Acabei de voltar.

— Conhece algum lugar bom onde possamos conversar com calma?

— Entendi... Nesse caso sugiro...

A mulher nua cochichou o endereço para o homem. Os dois seguiram em frente e viraram a esquina.

Kiyooka, que até aquele momento vinha seguindo o casal e se mantendo escondido nas sombras da ruela, não se sentiu nada propenso a virar as costas e ir embora, já que até então obtivera êxito em sua investigação. Esperou os minutos necessários para entrar também na casa de chá à qual Kimie fora levada. Fingindo ser cliente da casa, pagou a conta adiantado e pediu por uma gueixa jovem e o mais quieta possível, e fingiu dormir como se não quisesse mais nada. Depois de espionar noite adentro todas as estripulias do velho desconhecido com as duas mulheres, deixou discretamente o local antes do raiar do sol. Como ainda era cedo demais para voltar para sua casa em Akasaka, não teve outra escolha a não ser andar pelo parque do aterro em Yonban-cho, sentar num dos bancos e ficar olhando vagamente para a encosta além do fosso.

Nunca em seus trinta e seis anos, nem mesmo em sonho, Kiyooka havia testemunhado algo parecido com o que vira na noite anterior. Percebeu quão equivocada fora sua visão da mulher até então e, sem forças sequer para uma explosão de ciúme, ele simplesmente mergulhou em depressão. Até aquele dia ele sempre acreditara que não só Kimie, mas também outras jovens como ela não se importavam em se entregar para homens mais velhos, de cinqüenta ou sessenta anos, pelo fato de almejarem estabilidade econômica, mesmo que isso significasse sacrificar seus próprios anseios sentimentais ou sexuais. Como ele estava enganado! A realidade era muito pior. Uma pessoa como Kimie, que ele acreditava estar apaixonada por ele e só por ele, rebaixava-se em jogos sexuais a três, com um homem velho e feio e uma gueixa depravada de quinta categoria. À medida que tomava consciência de quão superficial era sua experiência e entendimento da vida, Kiyooka sentiu nascer em si um ódio profundo e indescritível por Kimie, a ponto de nunca mais querer vê-la. Porém, depois que voltou para casa e descansou um pouco, já de cabeça fria, muito do sentimento de ira fora aplacado. Mas fingir que não sabia de nada seria desprezível demais.

Sua alma não ficaria em paz enquanto não a confrontasse com os fatos e arrancasse dela uma confissão e um pedido de desculpas. Porém, depois de refletir mais um pouco, chegou à conclusão de que apesar da aparência, Kimie não era uma mulher como as outras. Interrogada, ela poderia muito bem confessar tudo com a maior naturalidade. E para piorar, até se regozijaria, rindo friamente diante de seu ciúme e frustração sexual. Para um homem, isso seria mais humilhante que a própria traição. Ele não conseguiria engolir o insulto. No entanto, arrancar um pedido de desculpas apenas da boca para fora, para depois ser zombado pelas costas, seria ainda mais mortificante. Depois de muito refletir, decidiu fingir ignorar tudo e agir como se nada tivesse acontecido. Continuaria a fazer papel de bobo até surgir uma boa oportunidade para se vingar. Isso era o melhor a fazer.

Havia muitos anos que Kiyooka utilizava os serviços de dois assistentes para ajudá-lo em sua carreira literária. Um deles era um jovem escritor chamado Muraoka, formado recentemente pela Universidade de Waseda. Com um salário de mais ou menos cem ienes por mês, seu trabalho era anotar os contos ditados por Kiyooka e transformá-los num manuscrito apresentável. O outro era Komada, um homem na casa dos cinqüenta, que rodava pelos jornais e revistas vendendo os textos. Em seu emprego anterior, Komada havia trabalhado por vários anos no departamento contábil de um jornal e, portanto, estava a par dos preços correntes de manuscritos e também tinha muitos amigos jornalistas. Trabalhava por comissão e sua parte era de vinte por cento a cada manuscrito vendido. Foi a seu escudeiro fiel, Muraoka, que Kiyooka ordenou o ataque a Kimie, mandando-o cortar-lhe com uma navalha sem ponta a manga do quimono quando ela voltava de uma peça kabuki. Naturalmente, o quimono em questão foi um presente dele mesmo para Kimie. Algum tempo depois, quando estavam juntos dentro do táxi, Kiyooka subtraiu sem que ela notasse o pente encravado de pérolas que lhe havia comprado na loja Mitsukoshi. Imaginou que Kimie faria um escândalo, chorando pela perda, mas para seu desapontamento, ela não pareceu se importar nem um pouco e sequer lhe mencionou o fato, nem à velha senhora de quem alugava o quarto.

Embora Kiyooka tivesse conhecimento, havia algum tempo, do caráter desleixado e imprevidente de Kimie, que nunca demonstrara muito apreço pelos seus pertences, não imaginava que esse desinteresse até pelas coisas que vestia chegasse a tal ponto. Logo depois, aproveitando a ausência dela, deixou um filhote de gato morto no armário de roupas para ver sua reação, porém nem isso pareceu capaz de tirá-la do sério. Finalmente, mesmo preocupado com a possibilidade de ser descoberto se algo de errado acontecesse, Kiyooka instruiu Muraoka a plantar o boato sobre a pinta da coxa interna de Kimie num jornal de fofocas. Esse fato deixou a moça realmente consternada, e vendo sua reação, Kiyooka ficou, de certa forma, aliviado quanto a seu sentimento de vingança. Mas agora que estava ciente dos fatos, quanto mais investigava sobre a vida que Kimie levava, mais coisas vinham à tona, fazendo com que a odiasse mais. Seu desejo de vingança não seria satisfeito se pregasse apenas uma ou outra peça. Esperando por uma chance para dar uma boa lição física e espiritual em Kimie, Kiyooka fingiu-se ainda mais enfeitiçado por ela. Assim faria com que baixasse a guarda e evitaria que desconfiasse de suas reais intenções. Porém, era necessário muito esforço por parte dele para conter o sentimento de rancor represado em sua alma, que teimava em querer aflorar por sua boca. Foi por essa razão que instantes antes, durante a conversa sobre o vidente, Kiyooka, percebendo que falara demais, quase perdeu o controle na tentativa de remediar o erro. Achou que não seria bom continuarem sentados face a face no segundo andar. Olhou para o relógio de pulso e, como se estivesse surpreso, exclamou:

— Já são dez e meia. Vou sair com você.

Kimie, de sua parte, sentia-se profundamente incomodada por estar junto a um homem sem ao menos ter tomado banho depois de uma noitada fora. Ela também queria muito sair daquela situação.

— Sim. Vamos caminhar um pouco. Com o tempo tão bonito, detesto ter que trabalhar. Passo o dia sem ver a luz do sol.

Jogou sobre os ombros o haori listrado que estava largado num canto e fechou o shoji da janela.

— Se hoje você começa às dez, quer dizer que amanhã será às cinco da tarde?

— Sim. Por isso não venha esta noite ao café. Quero sair para algum lugar e me divertir. Tudo bem para você?

— Pois bem — dando essa resposta ambígua, Kiyooka pegou seu chapéu.

— Vamos sair e nos divertir, não é? Afinal, hoje é minha noite de folga.

Encostando o corpo contra Kiyooka, que já estava no topo da escada, e levantando a face como se dissesse "beije-me", Kimie baixou os olhos, fazendo suas longas sobrancelhas se estreitarem.

Embora consciente de sua malícia, quando olhava para essa mulher charmosa e sensual de quem não desgostava totalmente, Kiyooka chegava a pensar que talvez estivesse sendo severo demais, julgando uma mulher que nasceu para fazer do prazer seu meio de vida. Nesses momentos, até sentia evaporar todo o rancor guardado por tanto tempo no peito. Se pensasse que ela era apenas uma espécie de máquina para atender desejos sexuais masculinos, não teria nada a ver com o que ela fizesse ou deixasse de fazer quando ele não estivesse por perto. Chegou até a considerar que deveria extrair todo o prazer que ela tinha a oferecer e depois descartá-la. Mas, no mesmo instante, o desejo de que ela tivesse um pouquinho mais de consideração por seus sentimentos, um comportamento mais decente, e se dedicasse apenas a ele voltava ainda mais forte. Kiyooka virou o rosto e disse:

— Em todo caso, encontro você à noite em Ginza. Lá decidiremos.

— Sim. Faça isso.

De súbito, os olhos de Kimie brilharam e ela desceu os degraus rapidamente, à frente de Kiyooka. Pegou o pano de limpeza das mãos da velha senhora e lustrou os sapatos dele com as próprias mãos.

Para fugir de olhares públicos, evitaram passar pela transversal que levava à alameda do fosso de Ichigaya. Os dois se esgueiraram de ruela em ruela, até chegarem à Academia Militar. Subiram a ladeira Bikunizaka, andaram ao longo do fosso, na altura de Honmura-cho, e seguiram em direção a Yotsuya-Mitsuke. Era quase meio-dia e, apesar de estarem lado a lado, mantinham certa distância e não trocavam palavras. Kimie, a face oculta por um guarda-sol, lembrou-se que fora exatamente naquele trecho que, na noite anterior, ela e Yata caminharam de mãos dadas, depois de descerem do coletivo. Diante do forte contraste entre noite e dia, ela se perguntou o que a levara a aceitar a proposta de um homem desprezível como Yata. Sentiu-se desgostosa consigo mesma por sua falta de determinação. Imaginou quão furioso Kiyooka ficaria se descobrisse tudo e olhou furtivamente seu rosto de perfil, por baixo da sombrinha. Veio-lhe um pouco de peso à consciência, o que fez aflorar um forte sentimento de compaixão por ele. Prometeu a si mesma que, daquele momento em diante, seria mais comedida, voltaria do café direto para casa e não aceitaria convites para encontros amorosos. Isso não compensaria os fatos, mas, de alguma forma, sentiu um forte carinho por Kiyooka. Encostou-se nele e, sem se importar com os transeuntes, pegou sua mão.

Kiyooka, imaginando que ela tropeçara em alguma pedra e pegara sua mão para se equilibrar, temeroso de olhares alheios, desviou o corpo na direção do lodo e perguntou:

— O que foi?

— Não estou com vontade de trabalhar hoje. Vou telefonar, avisando que faltarei. Tudo bem?

— O que pretende fazer em vez de trabalhar?

— Ficarei em algum lugar até você voltar de seu compromisso.

— Poderemos nos encontrar à noite. Não precisa faltar ao trabalho.

— De repente deu-me vontade de ficar à toa. Mas não quero atrapalhar seus negócios.

Na verdade, Kiyooka não tinha nenhum compromisso em particular. Ele tinha vindo, de supetão, espionar Kimie. Conhecendo-a como ele conhecia, não tinha certeza de como ela se portaria durante sua ausência até o encontro da noite caso se separasse dela naquele momento. Essas preocupações triviais começaram a incomodá-lo.

Kimie, por sua vez, com anos de experiência em manipular sentimentos masculinos, bem sabia que nessas horas a melhor estratégia era insistir um pouco nos caprichos para obter o resultado desejado. De certa forma, sentia-se muito incomodada com as palavras que Kiyooka tinha dito durante a conversa sobre o vidente. Em vez de esperar até a noite, ela achou melhor tomar certas atitudes para desarmá-lo e fazer com que abrisse seu coração. Por sua longa experiência, ela tinha tanta confiança em seu charme que não importava quão bravo o homem estivesse, seu poder de sedução poderia facilmente subjugar qualquer ira. Era uma dádiva de nascença, o tipo de perfume e temperatura ideal de corpo que, sem que precisasse desenvolver qualquer tipo de habilidade específica, conseguia levar o homem ao extremo do prazer, do qual ele jamais se esqueceria. Não foram só um ou dois homens, mas muitos os que declararam a Kimie que ela era mágica nesse quesito. Será que de fato seu corpo desencadeava tal reação? Quanto mais Kimie tomava consciência desse seu poder, mais o aperfeiçoava, a ponto de naquele momento já possuir total confiança nele.

Chegaram até a saída da estação Yotsuya. Kimie adotou subitamente uma expressão desconsolada e disse:

— Estou sendo egoísta. Vou pegar um táxi daqui.

— Tudo bem — respondeu Kiyooka secamente.

Mas notando o jeito desconsolado de Kimie, a despeito de sua vontade, relutou muito em se separar dela, como se tivesse que se despedir de seu mais recente caso de amor. Kimie lançou propositadamente um olhar vago em direção a ele, enquanto fincava a ponta da sombrinha nos pedregulhos da calçada. Esquecendo tudo o que sentia contra ela, Kiyooka disse:

— Está bem. Falte ao trabalho. Você escolhe o lugar. Vamos ficar juntos.

— Verdade, querido?

Kimie habilmente encheu de lágrimas seus olhos de longos cílios e inclinou seu olhar para baixo, em silêncio.

CINCO

Em frente ao portal de entrada do santuário Shoin, no distrito de Setagaya, há um encontro perpendicular de duas ruas. Seguindo uma delas por trezentos metros ou mais, tem-se de um lado plantações de chá e de outro um portal laqueado em carmim, em cujo letreiro lê-se SANTUÁRIO SHOENJI. A partir deste ponto a rua prossegue em ladeira e pode-se avistar uma ampla paisagem além dos campos de plantações, um bambuzal e uma floresta de cedros que fica aos fundos do templo Gotokuji. Mesmo em Setagaya, esta parte do bairro é provavelmente a que mais preservou a tranqüilidade e o casario da cidade dos velhos tempos.

Do outro lado, além dos campos de plantação de chá, foram erguidas casas em estilo ocidental, com muros e portões de cimento. Ao pé da ladeira, porém, havia quatro ou cinco edificações com cobertura de sapê, cada uma rodeada por cercas vivas. Dentre elas, havia uma de fachada discreta que à primeira vista parecia ser a residência de um jardineiro. Na entrada, dois postes de castanheira e no meio, portas de correr. Nem o telhado da casa, erguida atrás das árvores e oculta pela densa massa verde de folhas tenras, podia ser visto da rua. Num dos postes da entrada estava pendurada a placa RESIDÊNCIA KIYOOKA, mas as letras castigadas pelo tempo tornavam a leitura difícil. Ali era o local de recolhimento do pai de Kiyooka Susumu, Akira, depois da aposentadoria.

Os raios de sol de começo de verão batiam diretamente sobre as castanheiras e outras árvores no interior do portão e suas folhas verdejantes desenhavam sua sombra no lado de fora, bem debaixo dele. Apenas o cocoricar das galinhas podia ser ouvido aqui e ali. Era meio-dia. Fechando um sóbrio guarda-sol cor de chá queimado, uma mulher de cerca de trinta anos, aparência refinada e sem dúvida casada, abriu o portão e entrou. Com o cabelo formando um coque folgado, que lhe caía sobre a nuca, ela vestia um fino quimono de pequenas estampas e um haori preto de verão. Sua figura esguia e graciosa, com um xale branco sobre os ombros, combinava perfeitamente com o pescoço delicado. O perfil de linhas elegantes, o pálido e estreito rosto, todo o conjunto exalava uma solitária quietude. Passou a embalagem de furoshiki para a outra mão e fechou o portão. Em contraste com a rua de sol a pino, uma corrente de ar refrescante soprou com delicadeza, vinda do meio das sombras das árvores. Ajeitando os fios de cabelo que se soltaram com a brisa, a jovem senhora olhou ao redor por alguns instantes.

O estreito caminho além do portão era ladeado por barbas de dragão. De um lado, castanheiros, damasqueiros, caquizeiros, ameixeiras e outras frutíferas com suas copas densas e verdejantes. De outro, uma alameda formada por touceiras de bambu, de onde brotos despontavam vigorosamente e começavam a formar novos troncos, verdíssimos.

Dos troncos mais antigos, via-se um movimento contínuo e tremulante de folhas delgadas caindo ao chão. O intenso aroma das flores dos castanheiros indicava o auge da floração. As folhas mais novas do pé de damasco, excedendo em beleza até ao momiji[15] no outono, apresentavam a mais suave coloração verde da estação. Filtrados pelas copas das árvores, os raios de sol espalhavam-se iluminando aqui e ali a grossa camada de musgo do chão. O sussurrar da brisa lembrava o som borbulhante das águas de um córrego. O gorjear de um pássaro desconhecido soava mais vívido e intenso que o chilrear do picanço num ensolarado dia outonal.

Regendo com inconsciente cuidado o barulho dos passos ao ouvir o pássaro, a jovem senhora seguiu a curva do caminho de pedras, contornando o bambuzal, até chegar em frente a uma velha casa térrea, até então escondida pela vegetação. A porta de entrada, de vidro fosco e caixilho de madeira, era claramente uma intervenção posterior ao restante da construção, muito antiga, que lembrava os alojamentos de monges dos templos do passado. Porém, havia sinais de que aqueles robustos pilares da fundação e as grossas vigas haviam sido repostos no lugar dos antigos, já gastos, e o telhado estava coberto por uma espessa camada de musgo. Embora a janela da face de entrada estivesse aberta, não se ouvia qualquer som vindo do interior da residência. Embaixo da janela, uma fileira mista de azaléias e buxinhos bloqueava a vista para o quintal. Mas os raios de

---

15. Momiji: *acerpalmatum atropurpureum*, árvore da família dos *acer*, cujas folhas exibem intenso colorido no outono. [N.T.]

sol penetravam iluminando as flores das peônias que, no ápice da floração, ressaltavam aos olhos numa bela combinação de branco e vermelho. Ali também a quietude reinava. Nenhum som de tesouras de poda ou vassouras de jardim. Apenas na treliça colada ao beiral dos fundos da casa se podia ouvir zunindo insistentes as moscas varejeiras que voavam nervosas em volta da parreira em plena floração e pareciam anunciar o longo dia de verão.

— Há alguém em casa?

A jovem senhora abriu a porta corrediça enquanto tirava o xale dos ombros. Rompendo a tranqüilidade do interior, uma voz respondeu:

— Quem está aí?

Ao mesmo tempo, a porta de papel deslizou e apareceu um senhor idoso de óculos e grisalho até nas sobrancelhas. Era Akira, o proprietário da casa.

— É você, Tsuruko? Pode subir. A velha que toma conta da casa foi ao cemitério. E Densuke foi à cidade a meu serviço. Estou sozinho.

— Então vim na hora certa. Posso ajudar em algo?

Ainda com o embrulho nos braços, a jovem senhora seguiu o idoso até a varanda do jardim interno e se sentou.

— Vejo que já está colocando os papéis para arejar.

— Não tenho uma época exata para isso. Como faço tudo sozinho, sempre que tenho vontade dou-me ao trabalho, qualquer que seja o período do ano. É um bom exercício para um homem velho.

Da metade da varanda até o quarto dos fundos, do tamanho de oito tatames, espalhavam-se pastas com manuscritos, pergaminhos e gravuras. As portas corrediças estavam escancaradas e borboletas iam e vinham no interior do recinto, agitando as asas. Tsuruko começou a desamarrar o embrulho de furoshiki sobre o joelho e disse:

— Trouxe a peça de roupa que levei outro dia para consertar. Vou deixar sobre aquela cômoda. Quer que eu lhe prepare um pouco de chá?

— Sim, acho que vou aceitar. Creio que no armário da copa havia yokan que eu ganhei outro dia. Pode verificar para mim?

Logo que Tsuruko saiu da sala, o ancião começou a esticar um a um os velhos manuscritos dispostos na varanda. A alvura de seu cabelo cortado rente, as grossas sobrancelhas e mesmo o bigode acentuavam o rosado saudável da face. De estatura pequena e compleição magra, seu corpo parecia ficar mais vigoroso com o passar dos anos. Ao ver Tsuruko trazendo chá verde e doces, o ancião sentou-se ali mesmo, na beira da varanda.

— Não a tenho visto ultimamente. Até pensei que tivesse contraído uma gripe. Dizem que ela ainda está rondando a cidade.

— O senhor não ficou doente uma vez sequer desde o ano passado.

— Minha constituição é um pouco diferente desta dos jovens de hoje. Ha, ha, ha. Em compensação, os fortes costumam morrer de uma hora para outra. Nunca se sabe.

— Não diga uma coisa dessas.

— Um velho ditado dizia que nem sempre podemos contar com o que acreditamos como certo. A saúde de um velho nem sempre é confiável. Ha, ha, ha. E Susumu? Continua bem como sempre?

— Sim, como sempre.

— Estou pensando em discutir com ele um assunto qualquer dia desses. Na verdade, outro dia, eu encontrei seu irmão mais velho no trem...

O ancião começou a falar e depois tossiu, olhando para Tsuruko por cima dos óculos. Tsuruko, de sua parte, respondeu fingindo tranqüilidade.

— É alguma coisa a ver comigo?

— Isso mesmo. Não é nada ruim. Falamos sobre como encaminhar seu registro oficial como membro da família. Não adianta nada ficarmos presos ao passado. O que aconteceu, aconteceu. Eu disse que não teria nenhuma objeção, qualquer que fosse a decisão. Se sua família e eu estamos de acordo, Susumu naturalmente concordará também. O que acha? Se conseguirmos concluir logo os trâmites, poderemos chamar o escrivão para providenciar os documentos. Depois é só aplicar o carimbo da família.

— Sim. Eu o avisarei assim que ele voltar para casa.

— O registro oficial não é tão importante, porém não custa nada deixar tudo conforme a lei dos homens. Vocês têm vivido como marido e mulher durante todos esses anos. É mais do que certo colocar seu nome nos registros da família. Não sei direito o que aconteceu, mas de acordo com seu irmão já se passaram cinco anos.

— Sim. Talvez — respondeu deliberadamente de forma ambígua e baixou os olhos. Ela sabia muito bem quantos anos se passaram. Foi no outono, havia meia década, quando tinha vinte e três anos e seu ex-marido estava estudando no exterior, depois de se formar na Escola Superior do Exército. Ela e Kiyooka iniciaram um romance extraconjugal num hotel em Karuizawa. A família de seu ex-marido, apesar de não muito abastada, vinha de uma antiga linhagem aristocrática. Temendo a repercussão do escândalo, nem mesmo esperaram pelo retorno dele para dissolver o casamento, alegando a saúde frágil de Tsuruko. Naquela época, os pais de Tsuruko já haviam falecido. Seu irmão mais velho havia angariado certo prestígio no mundo empresarial graças ao próprio esforço e, desta forma, entregou-lhe dinheiro suficiente para roupa e comida e proibiu-a de colocar novamente os pés em sua casa ou na de qualquer outro parente. Susumu, naquele tempo, ainda morava com seu pai em Komagome-Sendagicho e participava de uma revista com outros jovens escritores. Quando o casamento de Tsuruko foi anulado, ele deixou a casa do pai e foi se instalar em Kamakura. Meio ano depois, a esposa de Akira faleceu de repente por causa da gripe. Ao mesmo tempo, ele foi exonerado de seu posto de professor na Universidade Imperial pela lei de aposentadoria do serviço público. Aproveitando a oportunidade, resolveu alugar a residência em Sendagicho e foi levar uma vida tranqüila em sua casa de campo de Setagaya.

O pai de Akira, Genzai, tinha vivido a aposentadoria na casa de campo de Setagaya até sua morte, aos oitenta anos, uma década atrás. Genzai, um especialista em ervas medicinais, que trabalhara no herbário do shogunato Tokugawa em Komada, também havia escrito livros e era bastante conhecido entre seus companheiros de ofício. Embora convocado várias vezes para servir ao novo governo após a Revolução Meiji, continuou fiel a seus princípios e preferiu viver a última parte de sua vida recluso naquele local. Toda a vegetação que hoje floresce no jardim é herança de Genzai.

No início, Akira ingressou na academia Nakamura Keiu e completou seus estudos sob a orientação de Sato Makiyama e Shinobu Joken. Tão logo se graduou na Universidade Imperial, foi escalado como professor assistente. Por cerca de trinta anos, até sua recente aposentadoria, ele lecionou escrita chinesa antiga. Porém, sensível às correntes da modernidade, costumava dizer a seus alunos que não havia tolice maior que estudar uma escrita morta, em desuso no mundo atual. Depreciando a própria especialidade como algo antiquado, de interesse apenas para aficionados, ele apenas sorria sem responder às pessoas que o inquiriam sobre o assunto. Não mantinha convivência próxima com seus pares e, preferindo seguir a própria inclinação, dedicou-se à pesquisa do Taoísmo. Embora tenha escrito vários artigos, não chegou a publicar nenhum. Quando soube que seu filho Susumu tinha um caso com uma mulher casada e, desafiando a sociedade, estavam morando juntos, Akira sentiu-se profundamente indignado. Porém, acreditando que casais jovens como eles não dariam atenção aos sermões de um velho ancião, resolveu resignar-se à situação. Apesar de fingir não saber de nada, na verdade ele praticamente cortou relações com Susumu. Durante os três anos em que viveu em Setagaya depois da aposentadoria, nunca mais se comunicou com o filho. Susumu, por sua vez, conhecendo os princípios morais do pai, adivinhou sua indignação. Por não concordar com sua posição, deixou de procurá-lo e o tempo foi passando.

Certa vez Akira foi ao templo Kichijoji, em Komagome, para orar pela alma de sua falecida esposa no aniversário de sua morte e encontrou uma jovem mulher depositando flores no túmulo. Surpreso com a presença dela no pequeno cercado, respondeu a um cumprimento constrangido perguntando rispidamente o seu nome. Só então percebeu que se tratava da esposa de seu filho, Tsuruko. Não entendeu a razão pela qual uma mulher que por vontade própria escolhera viver com um rebelde como Susumu, mesmo indo contra a sociedade, estivesse orando pela alma da pessoa que seria sua sogra em seu aniversário de morte. Não seria possível. Ele até pensou que seus ouvidos cansados o tivessem enganado e chegou a perguntar novamente seu nome quando estavam caminhando de volta, pela calçada do cemitério. Isso deu início a uma longa conversa que, sem que percebessem, continuou depois que saíram dali. Pegaram o trem e o colóquio só cessou na hora em que se separaram. Até aquele momento, Akira considerava que naquela época todo jovem era totalmente desprovido de senso moral. Na sua visão, os homens jovens eram, na maioria, um bando de vadios mal-agradecidos e as mulheres jovens não passavam de cadelas. As palavras educadas e modos delicados de Tsuruko deixaram Akira ainda mais intrigado, não conseguindo entender como uma mulher tão correta no modo de pensar pudesse ter cometido o pecado do adultério. Mesmo depois de voltar para casa, continuou refletindo sobre o assunto e de repente ocorreu a Akira que talvez Tsuruko tivesse sido levada a quebrar seus votos, enganada pelas palavras ardilosas do patife do seu filho. Se fora isso, ela era apenas uma vítima. Como pai, sentiu-se de alguma forma responsável pelo mal causado e num outro dia, quando a avistou numa estação em Shinjuku, foi ele quem primeiro lhe dirigiu a palavra. Depois disso, Tsuruko começou a ser acolhida pouco a pouco em sua residência de Setagaya. Mas, por questão de discrição, nenhum dos dois perguntou ou comentou sobre o relacionamento dela com Susumu e o assunto ficou no ar. Como na época Susumu estava ganhando muito dinheiro, e o ancião, com sua vida frugal, tinha na pensão da aposentadoria mais que o suficiente para viver, ambos nunca tiveram necessidade de discutir sobre finanças domésticas.

Embora contasse com os serviços de um jardineiro e de uma velha senhora para cuidar da casa, Tsuruko percebeu que Akira não tinha ninguém para preparar-lhe a comida e atender suas necessidades pessoais. Aos poucos, ela começou a cobrir essa lacuna sempre que percebia alguma carência. Se ela declarasse que iria tomar conta dele, Akira com certeza diria que não era preciso. Além disso, havia a filha mais velha na família Kiyooka, que era casada com um médico. Temendo qualquer reação da parte dela, Tsuruko fazia tudo o mais discretamente possível para não chamar a atenção. Com o passar do tempo, esse cuidado e preocupação de Tsuruko foram percebidos pelo ancião. Sensibilizado e admirando a moça, Akira começou a pensar que ela era boa demais para ser esposa de seu filho.

Segurando a xícara de chá vazia sobre o joelho, o velho disse:

— Estava pensando em procurar sua família para conversar. Mas é muito cansativo para um velho como eu ter que trajar-me a rigor. Porém, também seria ofensivo não me vestir apropriadamente para uma primeira visita. Estou apenas esperando a oportunidade chegar. E quanto a você? Ainda não pode freqüentar a casa de seus familiares?

— Não. Está tudo na mesma. Se fosse só por meu irmão, eu não teria tanto cuidado, mas tenho que levar a esposa dele em consideração.

— Você tem razão.

— De qualquer forma, sou a culpada de tudo. Não carrego mágoas de ninguém.

— É nobre de sua parte pensar assim.

O ancião tinha acabado de proferir essas palavras, quando uma enorme mosca varejeira pousou sobre o pergaminho posto a secar. Ele se levantou para persegui-la e continuou:

— Não é preciso ter medo de corrigir um erro. Os erros na juventude são inevitáveis. O verdadeiro valor de uma pessoa só se define com a idade.

Tsuruko abriu a boca para falar, mas temendo que sua voz pudesse soar trêmula, permaneceu em silêncio e olhou para baixo. De repente sentiu um aperto no coração e seus olhos se encheram de lágrimas. Por sorte, naquele instante ouviu-se uma voz vinda da porta dos fundos. Tomando isso como desculpa, levantou-se e deixou o recinto. Ainda olhando em direção à mosca que voara para fora, o ancião comentou, enquanto começava a dobrar o pergaminho estendido sobre a pedra:

— Deve ser o entregador de saquê ou o rapaz do correio. Não precisa se incomodar.

Tsuruko, que tinha corrido até a cozinha para esconder as lágrimas, viu o entregador partindo após haver deixado uma garrafa de shoyu. Na porta dos fundos, os raios de sol adentravam suavemente por entre as folhas da parreira. A leve brisa que cortava o bambuzal era bastante fresca. Notava-se que a velha serviçal havia limpado o quarto de empregada antes de sair. Até mesmo as cinzas do fogareiro tinham sido jogadas. Depois que o entregador de saquê deixou o local e parecia não haver mais ninguém, as lágrimas de Tsuruko, contidas com esforço até então, jorraram sem parar. Sem demora, ela pegou o lencinho e apertou-o contra os olhos. O que o velho pai não sabia era que o casamento dela com Susumu agora já não passava de aparência e não tinha mais sentido discutir sobre oficializar ou não sua entrada na família. Susumu tinha saído de casa dois dias antes e era provável que não estivesse de volta naquela noite também. Nos últimos dois ou três anos, com o pretexto de ter que preparar os manuscritos, era comum a ausência dele pelo tempo que quisesse. Talvez só retornasse dali a dois ou três dias. Nessa situação, embora ela acreditasse que ele não se recusaria a recebê-la oficialmente na família como esposa, era mais que evidente que o fato não lhe traria nenhuma felicidade especial. Era possível até que não escondesse o seu desprazer. Ao pensar nisso, apesar de sentir-se muito grata pela gentileza de Akira, não conseguia segurar as lágrimas pela tristeza de não estar em condições de aceitar o oferecimento.

A vida amorosa de Susumu e Tsuruko só durou mais um ano depois que alugaram a casa em Kamakura. Então, num único impulso, Susumu tornou-se o queridinho das editoras e começou a fazer rios de dinheiro com uma literatura de consumo de massa. Assim que veio o sucesso, ele comprou uma casa para uma atriz de cinema chamada

Sugihara Suzuko e, não bastasse isso, começou a freqüentar assiduamente as casas de gueixas. Depois, quando Suzuko o deixou para se casar com um colega, também ator, Susumu logo foi se consolar, tomando como amante uma garçonete de café. O desgosto causado por tal comportamento, mais do que o ciúme, foi um desapontamento cada vez maior com o caráter de seu marido, o que a fez mergulhar em profunda tristeza. Nos tempos em que freqüentava o colégio feminino, Tsuruko recebeu aulas particulares de linguagem e etiqueta com uma velha senhora francesa e estudou literatura clássica e caligrafia com um professor de línguas. No final, a esmerada educação e refinamento de gosto só trabalharam contra ela. Tanto é que quando se casou, a vida prosaica de uma esposa de oficial militar provou ser-lhe insuportável. E mesmo depois, com o escritor Kiyooka Susumu, o homem que ela própria escolhera para marido, não pôde continuar a sentir amor e respeito por ele durante muito tempo. Quando comparava o Susumu do passado, aquele que conhecera numa igreja em Karuizawa, com o de agora, considerado pela sociedade o grande mestre da ficção, ela não podia deixar de pensar que eram duas pessoas completamente diferentes. Susumu de cinco anos antes era um honesto escritor desconhecido com uma genuína aspiração literária. E o que se poderia dizer do Susumu de então? Sem mostrar uma centelha de sua antiga angústia intelectual, parecia, pelo contrário, estar apenas preocupado em acompanhar as últimas tendências da sociedade. E sua atual fixação pelo lucro só poderia ser descrita como uma combinação de empresário com especulador. Analisando-se os fascículos do romance publicado no jornal, percebe-se que não passam de adaptações com uma linguagem mais moderna de contos e romances banais que todos estão cansados de ler. Falando mais francamente, nem mesmo como literatura amena, voltada para o público feminino pouco exigente, seus contos poderiam ser considerados significantes. Quando leu um conto que Susumu começara a publicar numa revista feminina no final do ano anterior, Tsuruko de súbito se lembrou, como num sonho, da obra de Rukuju-en, *Contos de Hida-no-Takumi*, e também das palavras do professor de literatura no curso sobre *Contos de Genji*. Ele sempre dizia que os autores literários na era Edo eram infinitamente superiores aos escritores da atualidade. Observando os amigos de Susumu que costumavam freqüentar a casa, via-se que eram todos iguais a ele, tanto na maneira de falar quanto nos trejeitos, parecendo até irmãos. Quando dois ou três deles se juntavam, invariavelmente começavam a beber vinho, esparramavam-se pelo chão e falavam alto como se estivessem brigando. Mas se alguém ouvisse, veria que essas conversas giravam sempre em torno de corridas de cavalo, apostas de mah-jong[16], fofocas sobre conhecidos, honorários e direitos autorais, e piadas absolutamente obscenas envolvendo mulheres.

Por diversas vezes Tsuruko quis sair da casa de Susumu e, como já não era bem-vinda na casa de seu irmão mais velho, contava com o dinheiro que ele lhe havia dado na época em que cortaram relações. Mais ou menos metade da soma ainda estava no banco. Estava até preparada para alugar um quarto e empregar-se em algum escritório. Com

16. Mah-jong: jogo de mesa de origem chinesa. [N.T.]

— Seria horrível se ele pensasse que eu disse alguma coisa...

— Como eu já disse, não vou falar uma palavra sobre isso com ele. Mas se deixarmos as coisas como estão, você poderá ficar em dificuldades no futuro. Sinto-me agoniado por você.

— Não precisa se preocupar comigo. De qualquer modo, já não sou uma jovenzinha que se preocupa com o futuro. É também possível que com o tempo ele venha a mudar sua atitude e voltar ao que era...

— Hum, hum — continuou Akira, ouvindo em pé com os braços cruzados. Foi quando ouviu o som vindo da porta dos fundos e disse: — Densuke dever ter voltado. Vamos conversar lá dentro.

Para apressar Tsuruko, só faltou o ancião puxá-la pelas mãos, e deixaram a cozinha.

SEIS

Embora chovesse, a chuva era fina e sem vento. O céu encoberto pelas nuvens do início da estação das chuvas demorava a escurecer totalmente, apesar de já serem sete horas. Um carro parou em frente ao portão da casa de gueixas Noda em Fujimi-cho e três homens desembarcaram. Um deles era o agente literário de Kiyooka, um homem de uns cinqüenta anos, careca e com boca de jacaré, chamado Komada Hirokichi. Os outros dois, um com mais de quarenta e o outro por volta dos trinta, ambos usando óculos e vestindo ternos, eram facilmente reconhecíveis como jornalistas. Komada, liderando o grupo, abriu a porta de madeira ripada. Brincando com as serviçais da casa enquanto tiravam os calçados, o grupo seguiu sem cerimônia até o amplo recinto da frente, no andar superior. Percebia-se que o local havia sido reservado por telefone, já que os cinzeiros e zabutons[17] estavam dispostos para cada convidado e o quarto, aromatizado com incenso.

— O banho já está preparado.

Logo depois desse aviso, apareceram duas gueixas, uma já madura, por volta dos trinta anos, chamada de "irmã mais

17. Zabuton: acolchoado para sentar. [N.T.]

velha", e outra que, pela aparência, devia ter uns vinte anos. Elas começaram dispondo em cima da mesa os pratos de comida que as empregadas traziam.

Uma vez que a novela em fascículos de Kiyooka, então publicada pelo jornal Maruen, chegava ao fim, Komada prudentemente entrava em negociação com outro jornal para vender o próximo trabalho. Já tendo adiantado uma soma ao editor chefe, ele agora presenteava dois de seus subordinados com os deleites de uma casa de gueixa.

— O professor já está para chegar. Ele não se importará se começarmos antes.

Enquanto oferecia a taça de saquê ao jornalista mais velho, Komada levantou a tampa da tigela de sopa.

— Eu não sou bom de copo — disse o jornalista mais velho, enquanto uma gueixa enchia-lhe a taça. Acrescentou: — Sou como uma gueixa que não sabe tocar shamisen.

— Isso é surpreendente. Uma pessoa tão requisitada precisa saber beber socialmente.

— Eu a conheço de algum lugar. Só não consigo me lembrar de onde. Será que não foi de um café?

— Não. Mas até poderia ser. Hoje em dia, muitas gueixas se tornam garçonetes e muitas garçonetes passaram a ser gueixas. Está difícil inclusive diferenciá-las.

— É comum ver gueixas que se rebaixam a garçonetes, mas não deve haver muitas garçonetes que se tornam gueixas.

— Absolutamente. Acontece o tempo todo. Não concorda comigo, irmã mais velha?

— Mesmo? Há muitas? Estou deveras surpreso.

— Isso mesmo. Conheço umas cinco ou seis... Se prestarmos atenção, é bem possível que existam mais.

— Conhece alguma que trabalhava em Ginza?

— Aquela garota que começou a trabalhar há pouco em Tatsumi-ya... Como era o nome dela? — A gueixa mais velha contraiu as sobrancelhas, enquanto pousava a xícara de chá pela metade sobre a mão. — Se eu não me engano, ela era de Ginza.

— No clube Shimbashi — acrescentou de imediato a gueixa mais nova.

— No clube Shimbashi? É mesmo? Sabe quando foi isso?

O jornalista mais novo, até então calado, empurrou abruptamente a mesa. Komada voltou-se para a serviçal e ordenou:

— Chame essa gueixa. Qual é o nome dela?

— Tatsuchiyo de Tatsumi-ya.

Assim que a jovem gueixa disse o nome, quando a serviçal já se levantava para deixar o recinto, ouviu-se uma voz chamando:

— Ohana-san! O freguês chegou.

— Deve ser o sensei.

Nem bem Komada se moveu para o lado, ouviram-se passos subindo a escada. Com um chapéu panamá numa das mãos e ainda vestindo seu casaco de sarja cinza, Kiyooka Susumu juntou-se ao grupo.

— Desculpe o atraso.

Entregou o chapéu e a capa para a gueixa mais velha e, enquanto amarrava o cordão de seu haori azul índigo que vestia sobre um quimono de musselina listrado, Kiyooka sentou-se à mesa, no espaço vago, onde pequenos pratinhos e hashi haviam sido dispostos. Como ele já conhecia o jornalista mais velho, foi diretamente apresentado ao mais novo e logo se iniciou a troca de cartões de visita[18]. A serviçal, que trazia mais garrafas de saquê e a resposta da gueixa, anunciou:

— Tatsuchiyo subirá em poucos minutos.

— Os senhores são muito bons de copo — comentou a gueixa mais velha, enquanto pegava a bandeja de saquê. Continuou:

— Vou servi-lo.

— Que festinha mais desanimada.

Enquanto era servido, Kiyooka olhou em volta e perguntou a Komada:

— Virá mais alguém?

— Ainda estamos escolhendo. Conhece alguém? Temos gueixas que são ex-garçonetes. É provável que haja ex-dançarinas ou ex-atrizes também. Em todo caso, se vamos chamar alguém, melhor que seja uma pessoa diferente.

— Este senhor tem um gosto inusitado.

— Até pouco tempo atrás tínhamos uma garota diferente conosco. Quem poderíamos chamar hoje?

— Irmã, e aquela garota da Casa das Magnólias? Há boas referências sobre ela.

— Está falando da Kyoha-san? A gueixa mais velha bateu levemente no joelho e afirmou:

— Ela é melhor que uma dançarina. Planta até bananeira se for o caso.

18. É costume no Japão a troca de cartões de visita no primeiro encontro. [N.T.]

— Em compensação deve ser feia de doer.

— Pelo contrário, é linda e sensual. Afinal, ela é a gueixa mais requisitada da região.

— Nossa, que propaganda! Você deve estar recebendo alguma comissão. De qualquer forma, chame-a, vamos!

Komada, que começava a ficar alcoolizado, estava eufórico. Kyooka, por sua vez, ao ouvir o nome de Kyoha da Casa das Magnólias, lembrou-se do desagradável incidente do último verão. Mas como ficaria estranho se opor naquele momento, adotou uma expressão indiferente.

A gueixa mais velha, na tentativa de animar a conversa, comentou:

— Se fosse três ou quatro anos mais jovem, eu também deixaria de ser gueixa e iria para Ginza. Essas garçonetes só aparentam, pois nada têm de amadoras. No fundo, tudo é permitido. Foi o que andei pensando. A casa vizinha à minha é uma casa de chá. As garçonetes levam todo tipo de clientes para lá. Como a construção é muito próxima, quando você coloca a cabeça para fora da janela só há uma simples porta corrediça de papel entre você e as pessoas do quarto ao lado. É possível ouvir tudo o que eles dizem. Há uma garota alta e esguia, mais bem vestida que as gueixas em geral. Deve ser de algum café de alta classe em Ginza. Ela sempre chega cedo pela manhã. De vez em quando, até antes das nove. Depois, deixa o quarto por volta do meio-dia. Eu só acordo às nove ou dez. Atualmente não há nenhuma outra garota comigo e por isso tudo está silencioso em casa. Aí fica difícil não prestar atenção no que vem do lado.

Kiyooka, em silêncio, foi servido com mais um pouco de saquê pela gueixa mais jovem. Os dois jornalistas, que pareciam fascinados com o que ouviam, perguntavam: "E aí? E aí?". Encorajada por eles, a gueixa continuou:

— Os homens não são sempre os mesmos, mas todos a chamam de "Kimi-san, Kimi-san". Ela deve se chamar Kimiko ou Kimiyo. É mesmo extraordinária. Uma vez, não lembro quando foi, aconteceu uma coisa que me surpreendeu de verdade.

Kiyooka lançou o olhar para ver a cara dos jornalistas. Komada, por ser mais velho e mais experiente, logo pressentiu o perigo. Preocupado que a gueixa em questão fosse a Kimie do café Don Juan, observou de maneira discreta a reação dos jornalistas. Aliviado, viu que os dois eram completamente desinformados sobre a vida mundana dos cafés de Ginza. Um deles, sem desconfiar de nada, perguntou:

— O que a surpreendeu tanto? Ela é mais voluptuosa que uma gueixa?

— Muito mais! Ouça o que vou dizer. Você pode não acreditar, mas...

Para que a conversa não se prolongasse, Komada desviou o assunto, perguntando:

— Ei, o que aconteceu com a gueixa que encomendamos? Vá procurá-la e mande-a subir.

— Sim.

Foi a gueixa mais jovem que se levantou. Então Komada acrescentou:

— Quero algo para comer.

— Eu também — disse o jovem jornalista que não estava bebendo.

A movimentação gerada com pratos sendo servidos e a reposição do chá interromperam a história da gueixa mais velha. Em seguida, a gueixa chamada Tatsuchiyo chegou e sentou-se em frente à porta aberta do recinto.

Tinha pouco mais de vinte anos. As fitas de seda crua presas ao penteado estilo Shimada[19] eram longas e a saia de seu quimono de estampa rosa se esparramava pelo piso. De constituição grande e generosa, mais lembrava uma prostituta do que uma gueixa.

— É você que trabalhava em Ginza?

— Sim — respondeu Tatsuchiyo e, parecendo até orgulhosa do fato, continuou:

— Será que nos conhecemos de lá? Eu sou míope e por isso sempre me confundo.

Parecendo deveras incomodada com a atitude de Tatsuchiyo, que sequer se voltara para ela, a gueixa veterana lançou um olhar torto em sua direção. Tatsuchiyo, aparentemente sem nada notar, bebeu uma taça de saquê e logo outra, que lhe foram oferecidas pelo jovem jornalista, e as devolveu, dizendo:

— Desde que vim para cá, nunca mais pus os pés em Ginza. Muita coisa deve ter mudado. Qual é o café mais quente do momento?

— Onde você trabalhava antes? No Columbia?

— Oh, claro que não! Eu era do clube Shimbashi.

— Por que você se tornou gueixa? Foi pega pela vigilância por passar dos limites?

— Há muito falatório, mas no fundo os cafés são lugares respeitáveis. Afinal, permanecemos ali do meio-dia até meia-noite.

19. Shimada: estilo de penteado usado pelas mulheres do mundo do entretenimento. [N.T.]

— E o que fazem depois da meia-noite?

— Depois da meia-noite todo mundo vai para a cama. Ninguém agüentaria ficar acordado a noite toda. Não acha?

Bem nessa hora, uma gueixa de compleição frágil, de uns vinte e dois ou vinte e três anos, cabelos também penteados no estilo Shimada, e outra mais alta de dezoito ou dezenove, com um penteado moderno, entraram no recinto e sentaram-se do outro lado da mesa. Kiyooka lembrava muito bem que a menor era Kyoha. Ele jamais esqueceria aquela noite, quando seguiu Kimie pelas vizinhanças do templo Hachiman em Ichigaya. Achou melhor que Kyoha não o reconhecesse e, por isso, em duas ou três visitas anteriores fizera o possível para não encontrá-la. Virou o rosto para o lado e concentrou-se nas baforadas do cigarro. Enquanto isso, Komada terminou de comer, levantou-se e saiu para o corredor.

— Um momento, Komada-san. — A serviçal o puxou até a escada dos fundos. — Okita-san já completou dois turnos. Posso dispensá-la?

— E quanto às outras duas que vieram depois? Tudo bem com elas?

Komada olhou para o relógio.

— Kikuyo-san é um pouco mais cara.

— Então pode dispensá-la também. Eu não vou querer ninguém, por isso mantenha apenas três.

— Então ficarão Kyoha-san, Tatsuchiyo-san e Matsuyo-san — confirmou a serviçal.

— Como podemos fazer o arranjo?

Sua dúvida parecia ser quanto à formação dos pares e Komada resolveu, então, sair sem ser percebido, indo ao banheiro e depois à recepção e, em seguida, chamou Kiyooka, deixando os dois jornalistas sozinhos para que pudessem escolher as garotas que preferissem.

— Vamos fazer isso, então.

Quando a serviçal voltou ao recinto para dispensar a gueixa veterana, o jovem jornalista estava com a ex-garçonete Tatsuchiyo sobre os joelhos, sentado perto da janela e cantando uma canção popular enquanto contemplava a noite. Ela deixou o casal e foi cochichar algo com o jornalista mais velho. Percebendo a situação, Kiyooka levantou-se e, fingindo procurar Komada, deixou discretamente o recinto em direção à escada dos fundos. Quando voltou ao quarto, os jornalistas já haviam saído. Uma serviçal com a maleta e o paletó nas mãos avisava Kyoha:

— Final do corredor do terceiro andar.

Kyooka fingiu não escutar nada e foi se sentar no peitoril da janela. A gueixa alta de penteado moderno, concluindo pelo andamento das coisas que Kiyooka seria seu par, sentou-se ao lado dele, dizendo:

— Não está mais chovendo.

Em algum momento a chuva havia parado. Na rua estreita e reta, ladeada por uma série de casas de gueixa, o som dos tamancos indo e vindo ficou mais freqüente e intenso. Ao longe, do outro lado da esquina, um seresteiro cantava uma canção acompanhado de seu violino.

— Onde fica a casa de Okita-san, que acabou de sair? É para os lados de Fujimi-cho? — perguntou Kiyooka como quem não quer nada. Na verdade, seu interesse pousava na casa de chá ao lado, da qual aquela mulher era vizinha.

— Não. Fica para lá de Sambancho...

— Então é para os lados do colégio feminino?

— Sim. Minha casa fica pertinho da dela.

— É mesmo? Mas ela disse que morava próximo a uma casa de chá.

— Sim. Deve ser a casa Chiyoda. A casa ao lado é de Okita-san, e em frente fica a minha.

— Mesmo? Então deve ser essa. Não são duas casas de chá, uma ao lado da outra?

— Tem algo estranho.

— Eu devo a eles uma visita e estava pensando em ir até lá. Mas não sei como as coisas estão agora.

— A única casa de chá da região é a casa Chiyoda. Afinal, é a parte mais distante da zona legal.

A serviçal veio do terceiro andar e deu boas vindas a Kiyooka. Ele, porém, não muito atraído pela gueixa, apenas disse:

— Onde está Komada? Tenho assuntos a tratar com ele. Ainda deve estar por aqui.

— Ele estava no escritório conversando com o proprietário há poucos minutos. Vou procurá-lo.

A serviçal deixava a sala quando Komada apareceu enfiando um calhamaço de contas no bolso do paletó, e subiu até o topo da escada. Se o assunto era negócios, Komada não se importava em entrar numa casa de chá, café ou coisa parecida. Porém, nunca pedia uma mulher. Desde os tempos em que trabalhava no departamento comercial de um jornal, Komada investia em imóveis e ações, e havia comentários de que agora sua situação financeira era bastante confortável. Mesmo assim, ele continuava morando num casebre em Yotsuya-Teramachi, que ficava numa rua estreita até para um carro. Morava nesse lugar desde antes do aparecimento dos bondes. Na opinião de Kiyooka, Komada era tão sovina que poria fogo nas próprias unhas se fosse para economizar algum dinheiro.

— Komada, se está pensando em ir embora, vamos juntos. Ainda é cedo e provavelmente você pretende voltar de bonde.

— Está indo para Ginza?

— Não. Eu já a descartei. Como você deve saber, se ela é do tipo que leva qualquer um para a cama, isso pode prejudicar minha reputação. Preciso discutir uma coisa com você. Vamos caminhando sem pressa.

— Está mesmo indo embora?

A gueixa parecia realmente surpresa. Kiyooka, porém, nem olhou para ela, puxou o cordão da campainha, preso no pilar ao lado da janela, e apertou o botão.

Quando estava descendo a escada ao lado de Kiyooka, Komada de repente lembrou-se de algo e se voltou para a serviçal que os acompanhava à saída:

— Ei, você! Se eles resolverem passar a noite, não se esqueça de dispensar as mulheres na primeira hora da manhã.

— Já cuidamos disso.

— Acho que não esqueci mais nada. Passe-me alguns fósforos de brinde.

Mesmo calçando os sapatos, Komada não desperdiçou a oportunidade.

— Voltem sempre.

De costas para a voz, os dois abriram a porta corrediça e saíram. No céu sem nuvens depois da chuva, a lua brilhava.

Era uma típica noite de verão na zona do meretrício. Destacavam-se nas ruas o ir e vir das mulheres vestidas de yukata.

— Komada, pode me acompanhar até Akasaka?

— Agora está indo para aqueles lados?

— Já me cansei dos cafés. É bem melhor ficar com as gueixas. Estou vendo se pego uma bem jeitosa para apadrinhar.

— Apadrinhar? Isso quer dizer comprar-lhe a liberdade? Acho melhor pensar nisso com cuidado.

— Sabia que diria isso se eu pedisse sua opinião.

— É melhor não gastar tanto dinheiro com essas coisas. Se a gueixa acreditar que um dia terá a chance de se tornar sua esposa, é possível que ela lhe seja leal e discreta. Caso contrário, é certo que ocorrerão coisas desagradáveis e o senhor terá que abrir mão dela.

— Nem eu sei o que farei no futuro. Talvez volte a ser solteiro...

— É mesmo? Vejo que temos tempestade à frente.

— Não, as coisas não estão tão ruins. Não sei explicar, mas sempre que volto para casa fico depressivo.

Sentindo-se propenso a se abrir, expondo todo o drama doméstico pelo qual passava, Kiyooka continuou caminhando enquanto ruminava qual seria a melhor forma de começar. Quando se deu conta, já tinham chegado ao ponto de Fujimi-cho. Kiyooka, desde o início, jamais teve intenção de desposar Tsuruko oficialmente. Ele só queria desfrutar das emoções de um romance proibido. Mas a extrema honestidade por parte da mulher tornou tudo mais sério, trazendo conseqüências inesperadas. Para sua sorte, soube que ela tinha recebido algum dinheiro do irmão mais velho, com o qual resolveu alugar uma casa em Kamakura para viver com ela. É claro que ele era consciente de que, em termos de beleza e retidão de caráter, Tsuruko era mais do que se podia esperar de uma esposa. Mas à medida que o tempo passava, sendo ele próprio propenso a uma vida amoral e desregrada, começou a se sentir envergonhado diante dela. Tinha que se preocupar com as coisas que falava e, sem a liberdade de contar uma piada mais picante, Kiyooka ficava totalmente tolhido. Por isso, a menos que ele fosse no mínimo uma vez por dia a um café ou casa de chá para beber e conversar futilidades com garçonetes e gueixas, a vida lhe parecia demasiado solitária. Se pelo menos a garçonete Kimie tivesse se mostrado um pouquinho mais interessada, Kiyooka teria lhe montado o próprio bar ou café para administrar. Mas vendo quão pouco confiável era ela, mudou de idéia e agora considerava com seriedade a idéia de prover e abrir um estabelecimento próprio à primeira gueixa que lhe agradasse. Para trocar idéias sobre o assunto, ele puxou Komada para caminhar, mas esse, ao ver o bonde se aproximar, apertou a mão que segurava a maleta e negando a idade saltou com agilidade para dentro do veículo. Vendo isso, a vontade inicial de Kiyooka se arrefeceu e apenas disse:

— Então até logo. Tenho que visitar um lugar.

— Amanhã estarei no escritório depois do meio-dia. Se precisar falar comigo, telefone-me — respondeu Komada, já dentro do coletivo.

Kiyooka consultou o relógio, que marcava dez horas. Não era tão tarde e seria um horário apropriado para voltar para casa. Porém, notívago como era, ainda não se sentia totalmente satisfeito e não conseguia forçar os passos em direção a sua casa enquanto não visitasse algum outro estabelecimento. Mas àquela altura não poderia entrar num lugar como o Don Juan em Ginza, que estaria lotado de fregueses e onde sua amante trabalhava como garçonete. Além de temer ser abordado pelo bando de poetas delinqüentes e escritores devassos que pululavam nos bares e restaurantes daquele bairro, não estava com a mínima vontade de ver Kimie distribuindo sorrisos entre a clientela bêbada do café. Assim, não lhe restou opção a não ser dirigir-se à casa de chá em Akasaka que ele naqueles tempos começara a freqüentar. Mas a gueixa que ele havia escolhido, apesar de ter insistido com ela umas cinco ou seis vezes, ainda não dava sinal de aceitar sua proposta. Quando pensou que naquela noite também não teria sucesso na empreitada, Kiyooka sentiu uma profunda irritação mesmo antes de entrar na casa. Esse sentimento, porém, não era por causa da recusa da gueixa em atender aos seus desejos. A origem de tudo, na realidade, vinha de sua indignação com Kimie. Se ao menos ela se comportasse como ele gostaria, ele não teria que passar pela humilhante experiência de ser rejeitado por uma gueixa. O desejo de vingança, que por um momento tinha sido esquecido, emergia outra vez, mais forte e intenso que antes. O que provocava sua fúria, mais que qualquer outra coisa, era ver Kimie curtir prazerosamente seus dias sem nada a perturbá-la. Em segundo lugar, era o fato de que ela não parecia maravilhada por ter como amante um famoso escritor. E mesmo que ele rompesse o relacionamento, achava que isso não a afetaria e ela nem se importaria muito. Uma vez terminada a relação, Kimie sem dúvida aproveitaria a oportunidade para arranjar um novo amante e continuaria sua vida mundana e frívola. Nada podia ser mais difícil que lidar com uma mulher sem apego ao dinheiro ou ambição, que apenas quer levar uma vida libertina e indolente, sem qualquer objetivo. Para fazer uma mulher assim sofrer, o único jeito seria talvez infringir-lhe algum tipo de dor física. No entanto, já que não podia raspar-lhe a cabeça ou desfigurar-lhe o rosto, a única solução era esperar que ela pegasse alguma doença grave que a deixasse de cama por dois ou três meses. Refletindo sobre o assunto, deixou-se levar ao sabor de seus passos até quando voltou a si e olhou ao redor. O local, com luz ofuscante, era a entrada da estação de trem de Ichigaya. Olhando em diagonal para a frente, era possível ver o casario de baixo. O céu, que tinha se aberto depois da chuva, estava para encobrir-se novamente, trazendo a escuridão. Uma placa publicitária de balas Jintan, piscando, atraiu a atenção de Kiyooka.

O apartamento de Kimie ficava na travessa onde piscava a placa. Lembrou que eles não se encontravam havia quase três dias e, ainda com a cabeça cheia por causa daquela conversa da gueixa de Fujimi-cho, Kiyooka decidiu que o melhor a fazer seria ir em segredo reconhecer o território inimigo. Seguiu ao longo do fosso e virou a pequena travessa como sempre fazia.

As luzes da loja de saquê e da farmácia na esquina eram tão fortes que iluminavam cada canto ou buraco da rua estreita, sendo possível reconhecer o rosto dos transeuntes. Desde o ano anterior, Kiyooka visitava o lugar a cada quatro ou cinco dias, e seu rosto já era familiar aos lojistas. Temendo ser reconhecido, abaixou a aba do chapéu sobre os olhos e apertou os passos. A doçaria e a tabacaria à frente ainda estavam com as portas abertas, mas lá as luzes eram fracas e não se via ninguém na porta das lojas. A peixaria da esquina da rua de Kimie já estava fechada. Kiyooka olhou para os lados e estava entrando na ruela escura quando se deparou com a velha senhoria de quem Kimie alugava o quarto. Fingindo não tê-la reconhecido, tentou passar rapidamente por ela aproveitando a escuridão. Mas a velhota de olhos espertos chamou:

— Ora, é o professor! Quase passei direto pelo senhor. Que sorte a sua. Por segurança, tranquei a porta antes de sair para a casa de banho. Kimi-san vai voltar mais cedo esta noite?

— Não. Eu tive um compromisso aqui em Ichigaya, e me ocorreu dar uma passada. Não poderei esperá-la. Por isso, por favor, não lhe diga que estive aqui. Não quero que ela fique preocupada.

— Então pelo menos tome uma xícara de chá.

— Mas a senhora não ia tomar banho?

— Não se preocupe. Não estou com pressa.

Não tendo como desvencilhar-se dela, Kiyooka, a despeito de sua vontade, foi conduzido até a saleta do térreo onde a velha senhora morava e sentou-se ao lado do braseiro. O recinto tinha as mesmas dimensões do andar superior, de seis tatames. Embora as paredes e o teto estivessem enegrecidos de fuligem e faltassem algumas tábuas do assoalho, tudo estava limpo com esmero. Todos os buracos no papel das portas *shoji* estavam remendados. Se aparecesse alguém interessado em alugá-lo, este quarto estaria pronto para receber o eventual inquilino. No canto do toko-no-ma, que parecia estar lá há séculos, pendia um quadro com a figura de Marishiten ou alguma outra divindade. Em cima de uma mobília barata, que de tão velha adquirira a cor de caqui, havia um pequeno santuário. Sobre o braseiro pendia brilhando uma chaleira Yoshiwara de ferro cuidadosamente polida. Pelos utensílios e decoração, podia-se deduzir a idade aproximada daquela velha mulher. De acordo com suas próprias palavras, depois que seu marido, primeiro-tenente do exército na guerra russo-japonesa, morreu em batalha, trabalhou como empregada e faxineira, além de incrementar o orçamento com trabalhos manuais para criar sua única filha. Essa teve a sorte de se casar com um rico importador e vivia com o marido nos Estados Unidos. Dela, a velha recebia uma mesada para cobrir suas necessidades. Mas de acordo com a versão corrente, embora a parte da mesada fosse real, sua filha era na verdade amante de um negociante estrangeiro. Quando deu à luz uma criança, foi levada por ele a seu país. Kiyooka só não poderia definir qual das versões era a verdadeira. O que ele não entendia também era por que Kimie escolhera alugar o andar superior da casa, e por que ela não se mudava para um lugar melhor, numa boa vizinhança. Embora a mulher declarasse que fora casada com um oficial, a julgar por seu aspecto atual e modo de falar, era uma dessas velhas que são vistas nas ruelas ao fundo de Honjo-Asakusa. A origem humilde era evidente, pois ela mal conseguia ler a conta da mercearia. Além disso, a deferência demasiada que mostrava a qualquer homem de bigode que usasse roupas ocidentais já denunciava sua verdadeira identidade. Kiyooka sabia muito bem que de nada adiantaria perguntar à velha o que Kimie fazia na sua ausência. Não deixando transparecer nada do seu rancor longamente acalentado, adotou uma expressão bem humorada no rosto e disse:

— O que me incomoda quando vou ao café é que encontro todo tipo de gente. Por isso evito entrar lá, mesmo quando passo em frente.

— Muito inteligente de sua parte. Essa gente, quando vê pessoas de classe como o senhor, logo trata de inventar algum boato. Nossa, já são onze horas.

Ao ouvir o relógio do vizinho dar as horas, olhou para o seu relógio octogonal em cima da cômoda.

— Patrão, espere só mais uma hora e ela chegará. Não vá embora, por favor. Vou acender o braseiro.

— Senhora, não precisa ser esta noite. Voltarei amanhã com mais calma.

Dizendo isso, Kiyooka guardou a carteira Shikishima dentro da manga. Mas a velha, sagaz, já tinha tirado suas conclusões, juntando o fato de Kyooka aparecer andando pela vizinhança num horário tão fora de costume e o comportamento devasso que Kimie mostrava no seu dia-a-dia, que ela pôde acompanhar de perto. Fingindo, porém, não ter percebido nada, disse:

— Mas patrão, não posso deixá-lo partir, senão Kimie-san ficará brava comigo.

— É só não contar nada a ela.

— Mas eu não me sentiria bem com isso. Vou até a mercearia pedir o telefone emprestado para chamá-la.

A velha puxou uma das gavetas do braseiro e procurou o papel com o número do telefone anotado.

— Ficarei descansando lá em cima até a senhora voltar. Ela deve retornar à meia-noite, por isso não precisa se incomodar em avisá-la — Kiyooka se levantou e continuou — Estarei de prontidão enquanto a senhora toma banho.

Depois de despachar a velha para a casa de banho, Kiyooka subiu ao pavimento superior. Se houvesse alguma carta secreta de amor, ele a encontraria. Desde o início, Kimie havia instruído a senhoria a lhe telefonar caso houvesse alguma coisa fora do normal. Decidida a ligar da mercearia ou da farmácia no caminho para a casa de banho, a velha pegou o papel com o número do telefone, enfiou-o debaixo da faixa do obi e saiu.

SETE

Quando o telefone tocou com a chamada da velha senhoria, por sorte Kimie estava bebendo com um freguês numa mesa próxima à cabine telefônica. Assim que a chamaram, levantou-se e foi atender, mas além de estar levemente alcoolizada, pois faltavam menos de quarenta minutos para o café fechar, o barulho em volta a impediu de ouvir as longas e detalhadas explicações da velha. A única coisa que conseguiu ouvir foi que Kiyooka tinha vindo procurá-la. Como não estava combinada a visita de Kiyooka naquela noite e ele tampouco havia mandado algum recado avisando-a sobre isso, Kimie sentira-se livre e já havia marcado no início da noite um encontro amoroso com um dançarino que voltara havia pouco do Ocidente, chamado Kimura Yoshio. Havia também Yata-san, o vendedor de carros importados com quem tivera dois ou três encontros íntimos, que resolvera aparecer. Insistia em levá-la, com Haruyo e Yuriko, para comerem oden[20] num bar recém-inaugurado que ficava na rua de trás da loja de

20. Oden: ensopado da culinária popular, com caldo de peixe e alga, preparado com legumes cozidos, massa de peixe, ovos e tofu (queijo feito da soja). [N.T.]

tecidos Matsuya, no caminho de volta para casa. Como ela já tinha outro compromisso, Yata insistira para que ficasse ao menos por meia hora. Ele acabara de voltar, após haver passado algum tempo fora, e naquele momento oferecia guloseimas para quatro ou cinco garçonetes que estavam ao seu redor. Nessa mesma hora, o velho cavalheiro chamado Matsuzaki, que quase nunca ia ao café, resolvera aparecer também. Explicou que acompanhara um conhecido até a estação de Tokyo e decidira dar uma passada por ali.

Era comum que depois das dez, perto do horário de fechamento, os cafés de Ginza, não só o Don Juan, ficassem ainda mais lotados. O barulho incessante da música vinda do gramofone era por vezes superado pelo burburinho e pelo barulho dos pratos. Juntando-se a isso, o ar pesado da fumaça de cigarro misturada à poeira era de provocar dor de cabeça em qualquer um. E para piorar, na frente de Kimie, que sentia que tinha bebido além da conta, apareceram três homens procurando por ela ao mesmo tempo, e depois mais outro, que já estava em sua casa aguardando-a. A essa altura, ela não sabia mais o que fazer. Por que naquela noite todos resolveram atormentá-la? Mais do que a si, culpava os outros pela situação. Se ela bebesse até não poder mais e desmaiasse, talvez as coisas se resolvessem sozinhas. Com isso em mente, aproximou-se da mesa do velho Matsuzaki.

— Quero beber a rodo esta noite. Peça-me uma garrafa, por favor.

— Está com problemas? Brigou com algum cliente?

A experiência fez Matsuzaki logo perceber que algo estava errado.

— Não. Não é isso, mas...

— Mas... alguma coisa do tipo.

Sem saber o que responder, Kimie permaneceu em silêncio. Aí lhe ocorreu que seu relacionamento com aquele velho homem vinha de muito antes de ela se tornar garçonete e ele sabia tudo a respeito de sua vida. Talvez fosse uma boa idéia confidenciar-lhe o que estava acontecendo e pedir-lhe conselho. Por sorte não havia outra garçonete na mesa. Então Kimie aninhou-se nele e disse:

— Estou realmente em apuros. Nunca passei por um aperto tão grande antes.

Pelo modo como Kimie falava, Matsuzaki logo adivinhou o que estava se passando e disse:

— Já vou embora. Só passei aqui esta noite para ver como estão as coisas no café. Vamos nos encontrar numa outra ocasião, durante o dia, com mais calma.

— Sinto muito. Por favor, não fique bravo comigo.

— Claro que não. Eu já entendi. Não está conseguindo dar conta dos clientes, não é?

— Nada como a experiência dos mais velhos. Como adivinhou?

Kimie levou a boca ao pé do ouvido de Matsuzaki e contou-lhe as circunstâncias adversas da noite, sem omitir nenhum detalhe.

— O senhor tem alguma sugestão?

— Várias. Isso não é problema.

Matsuzaki prontamente traçou seu plano para Kimie. Primeiro, no caminho de volta, ela levaria sem demora um dos seus clientes para uma casa de chá. Uma vez ali, diria que não poderia passar a noite toda e no momento oportuno, quando o homem ainda não tivesse acabado de se aprontar para sair, Kimie se desculparia e, fingindo estar com pressa para ir para casa, sairia do quarto primeiro e se esconderia num outro cômodo. A essa hora, sua amiga de confiança, a quem ela deveria orientar com antecedência, já teria ido a sua casa em Ichigaya e contado à sua senhoria que as moças aceitaram uma carona de um dos clientes e que este as levou à força para uma casa de chá. E que, enquanto esse cliente estava encomendando gueixas e se servindo de comida e bebida, ela sozinha aproveitara a oportunidade para escapar. Ela deveria pedir à velha senhoria para que fosse buscar Kimie sem demora. Sem dúvida, seria Kiyooka quem iria pessoalmente até a tal casa de chá. Até que ele chegasse levaria mais de uma hora e Kimie teria tempo suficiente para entreter o outro cliente. Quanto ao outro freguês, com a desculpa de temer ser vista com ele em público, pediria que fosse na frente para outra casa de chá. Infelizmente, daquela vez ele teria que passar a noite sozinho. É claro que ficaria furioso, mas a frustração teria o efeito de aumentar ainda mais seu desejo por ela. No dia seguinte, ele certamente iria procurá-la para pedir satisfação. Se, nessa ocasião, ele conseguisse dela o que mais deseja, o resultado poderia ser ainda melhor. Enquanto acariciava a ponta do bigode, Matsuzaki acrescentou, sorrindo:

— Em todo caso, para que o plano dê certo, você deverá contar com serviçais espertos e prestativos. Conhece alguma casa de sua confiança que daria conta do recado?

— Sim. O que acha daquela casa em Ushigome? Fomos lá duas ou três vezes no tempo em que eu morava em

Suwamachi. E há outra em Sanban-cho aonde costumo ir de vez em quando.

Bem naquela hora, uma garçonete apareceu para pegar o pedido de Matsuzaki. Kimie fez graça e levantou-se. Uma vez que faltava apenas meia hora para para que o local cerrasse as portas, Matsuzaki pensou em ficar para ver de longe quem era o cliente de Kimie. Estava curioso para ver como ela agiria. Mas, percebendo que sua presença poderia inibi-la, pediu a conta e saiu. Os estabelecimentos dos dois lados da rua já tinham fechado suas portas e apagado as luzes. Por causa da chuva que caíra no início da noite e voltara mais tarde, apenas algumas barracas a céu aberto ainda atendiam. A grande avenida de Ginza e as largas transversais à esquerda e à direita, até onde se podia ver, estavam todas desertas. Acima estava o céu noturno, ainda com nuvens ameaçando chuva, e abaixo se via o colorido das luzes dos bares e cafés refletidas na superfície das calçadas molhadas. Os teatros e casas de show já tinham encerrado suas atividades havia uma hora e, portanto, os casais que ainda perambulavam faziam parte da clientela dos cafés. Os bondes que passavam estavam relativamente vazios. Apenas os táxis passavam o tempo todo, seguindo em várias direções.

Matsuzaki, que na época só ia a Ginza uma vez ou outra a negócios, como um turista que observa uma paisagem desconhecida, foi diminuindo os passos até quase parar no cruzamento de Owari-cho. E naquele momento, como sempre, observava a paisagem ao redor, como se percebesse pela primeira vez a transformação do bairro e a passagem do tempo, e junto vinham as memórias de sua vida passada, metade de toda uma existência.

Formado em direito, fora um funcionário do alto escalão no ministério, cuja sede ficava em Kobiki-cho. Implicado num episódio de corrupção, um escândalo de repercussão nacional, foi julgado e condenado a cumprir pena. Depois de haver saído da prisão, porém, graças à fortuna acumulada antes do incidente, tinha o suficiente para não ter preocupações financeiras até o fim de seus dias. Seus filhos, já adultos, tinham suas próprias carreiras de sucesso. Quando ele comparava a Ginza que vira nos tempos em que, de rikisha[21], ia diariamente de sua mansão em Kojimachi até o ministério, e a de então, passado o terremoto, cuja paisagem mudava a cada dia, Matsuzaki sentia que estava num sonho. Mas não era uma nostalgia como a que sente pela Roma antiga um cidadão romano da atualidade. Era apenas a admiração superficial de alguém que observa as habilidades performáticas de uma malabarista. E quando uma cidade copia o Ocidente em tão alto grau, o espetáculo provoca no observador um misto de espanto e tristeza. Mais do que pela mera transformação da paisagem, era por ver como as garçonetes usavam as ruas para sobreviver que ele se tornava mais dolorido. Mulheres como Kimie, desprovidas de decoro e castidade, sem dúvida não eram a minoria entre as garçonetes. Embora fossem iguais no uso do corpo como mercadoria, Kimie nada tinha em comum com as gueixas prostitutas do passado. Ela se assemelhava às prostitutas ilegais que proliferavam nas cidades ocidentais. O aparecimento desse tipo de mulher nas ruas de Tóquio se deve aos tempos modernos e conclui-se que não

21. Rikisha: carruagem puxada por um homem, utilizada no transporte de pessoas. [N.T.]

há nada de mais surpreendente que a passagem do tempo. Ao relembrar sua vida, Matsuzaki não sentia vergonha ou arrependimento por ter sido denunciado e condenado por malversação pública. Talvez isso também fosse um sinal dos tempos modernos. Mais de vinte anos se passaram depois daquilo. Mas, mesmo após toda a comoção que o escândalo causou na época, naquele momento ninguém mais criticaria se visse esse homem bebendo tranqüilamente num café em Ginza. O tempo enterrou consigo o tumulto, levando tudo para o esquecimento. Isso sim, de fato, parecia um sonho. Matsuzaki sentia pela sociedade, e também por sua própria carreira, um misto de melancólico ressentimento com frio desprezo. Na vida, não existe nem passado nem futuro, e só os prazeres e as dores do presente é que importam. Matsuzaki começou a pensar que não era necessário se preocupar com a aprovação ou desaprovação pública com muita seriedade. E se fosse assim, ele se considerava o homem mais afortunado na face da Terra. Aos sessenta anos, sua saúde era invejável. Às vezes, sem se incomodar com os olhares da sociedade, podia abraçar uma garçonete de vinte e poucos anos e flertar com ela como um jovem. Além disso, ele não sentia nenhum pudor em agir assim. Só isso já lhe trazia mais satisfação e felicidade do que qualquer monarca poderia sentir. Sem querer, Matsuzaki deu uma sonora gargalhada.

Como havia sido acertado, Kimie, após deixar o café, foi se encontrar com o dançarino Kimura Yoshio em meio à escuridão do passeio público ao longo da ponte Yurakubashi. Dali pegaram um táxi até a charmosa casa de chá Chiyoda em Sanban-cho. Conforme as instruções do velho

Matsuzaki, Kimie tentou fingir que deixava o local antes de seu cliente para se esconder em outro quarto e nele aguardar a chegada de Kiyooka com a maior cara de inocência. Porém, enquanto conversavam durante o caminho, Kimura revelou-se uma pessoa compreensiva e de fino trato. Aparentemente, ele não via nada de mais no fato de uma garçonete ter dois ou mais amantes e, quando subiram para o quarto dos fundos do andar superior em Chiyoda, ela logo contou tudo acerca da confusão daquela noite. Como ela esperava, Kimura compreendeu muito bem e disse:

— Se tivesse me dito antes, não teria lhe causado tanto trabalho. Perdoe-me. Agi mal. Poderemos nos encontrar em outra oportunidade, quando você não estiver tão ocupada.

E como se a estivesse apressando, Kimura ajudou-a nos preparativos, até amarrando-lhe o *obi*.

Desde o dia em que assistiu à performance de Kimura no intervalo da sessão de cinema em Horaku-za, Kimie foi dominada por sua curiosidade costumeira. Separar-se dele deste jeito a desconsolava. De acordo com os artigos que ele próprio escrevia em jornais e revistas, sua arte era uma fusão entre o balé russo pós-Nijinsky e a Ópera de Pequim, em suma, uma arte híbrida do Ocidente com o Oriente. A beleza do corpo feminino ou masculino traçada pelo movimento, dizia Kimura, era infinitamente superior em efeito à de uma escultura ou pintura. Além disso, o poder sugestivo era bem mais profundo que o da música. Contudo, para uma garçonete como Kimie, todo esse discurso crítico sobre estética não tinha a menor importância. Quando ela viu homens e mulheres jovens, nus, movimentando-se sobre o palco de forma sensual, fazendo diversas poses e por vezes abraçando-se diante do grande público, pensou como seria estar com um homem que ganha a vida com esse tipo de atividade. Não havia diferença entre seus sentimentos e os de uma gueixa lasciva que se atira a um lutador de sumô ou os de uma estudante que se apaixona por um jogador de beisebol.

— Sensei, já é tarde. O senhor vai direto para casa? Aposto como vai passar em outro lugar. Estou com ciúmes.

— Mas seu patrão está chegando. Você não tem escolha. Prometo que volto direto para casa. Se não acredita, pode ligar para mim. — Kimura pegou seu cartão de visita e acrescentou: — Kimie-san, prometa-me um novo encontro.

— Sim. Prometa-me o senhor também. Sinto que estou agindo muito mal. Não queria me separar agora.

Como sempre, Kimie não conseguiu conter seu interesse por um novo homem. Encostou-se nos joelhos dele, que já estava se preparando para sair, e pegou sua mão.

Depois de um tempo, dizendo que ia chamar o táxi para levá-lo de volta, Kimie saiu para o corredor para chamar a criada. Perguntou o horário e soube que tinha acabado de bater duas horas. O hóspede chamado Kiyooka ainda não aparecera, e ninguém havia telefonado. O táxi chegou e o bailarino Kimura foi embora. Kiyooka, porém, tardava em chegar. Já eram duas e meia. Na hora em que o café fechou, Kimie tinha mandado uma colega garçonete chamada Ruriko até Ichigaya com sua história. Nos seus dias de cabeleireira assistente num salão de beleza estilo ocidental, Ruriko tinha entrada livre em várias casas de chá. Ela dificilmente cometeria algum engano nesse tipo de tarefa. Talvez Kiyooka, não recebendo a mensagem de Ruriko, tivesse ido embora furioso. Kimie começou a sentir-se mortalmente arrependida por ter dispensado Kimura. Quando pegou o cartão de visita que ela tinha enfiado no *obi*, viu que nele havia o número do telefone da residência no edifício Showa. Sem pensar muito, Kimie correu para descer as escadas dos fundos na intenção de telefonar para ele. Nessa mesma hora, ouviu o barulho de alguém chegando. Imaginando que fosse Kiyooka, Kimie prestou atenção. Mas ao ouvir a voz do visitante se dirigindo para o andar superior, Kimie percebeu que não era ele. Por incrível que parecesse, era Yata. Ainda no café, apesar do insistente convite, ela lhe havia dito que já tinha um compromisso marcado e que não poderia ir com ele beliscar *oden* no bar da ruazinha de trás. Em compensação, disse ela, se fosse um pouquinho mais tarde, ela estaria livre. Passou-lhe o nome de uma casa de chá e despachou-o na frente, mentindo que iria encontrá-lo lá mais tarde.

Yata, de sua parte, acreditou nas palavras de Kimie e antecipou-se a chegar à casa de chá, situada atrás da ladeira Kagura, onde ela o tinha levado na primeira noite. Lá ele esperou pacientemente até depois das duas horas. Como não recebera um único telefonema, desconfiado, Yata lembrou-se da casa Chiyoda em Sanban-cho, onde tinha ido com Kimie dez dias antes, depois que ela saiu do trabalho. Se ela estivesse lá, ele faria o maior escândalo e a atrapalharia por pura vingança. Foi com isso em mente que apareceu do nada em Chiyoda. Quando bateu no portão, a criada veio para abrir a porta de correr.

— Kimie-san está? —, perguntou Yata, como quem puxa conversa.

Acreditando que ele era o cliente aguardado por Kimie, respondeu:

— A senhorita está há horas esperando pelo senhor. Os homens não têm consideração mesmo.

Yata engasgou com a própria fumaça do cigarro e nem conseguiu dizer nada. Obediente, seguiu a criada até o andar de cima, sentou-se de pernas cruzadas em frente ao toko-no-ma e, sem sequer tirar o chapéu, olhou à sua volta intrigado.

Informada pela criada acerca da situação, Kimie decidiu que só havia uma coisa a fazer diante dos fatos. Abriu a porta de supetão e disse:

— Ya-san, isso não se faz! — censurou-o com voz cortante.

Yata, ainda não de todo refeito do comentário da criada, ficou sem fala com a extraordinária atitude de Kimie e só conseguiu arregalar os olhos.

— Já estava pensando em ir embora.

Kimie sentou-se toda empertigada e baixou os olhos.

— Que diabos está acontecendo?

Só agora percebendo que ainda estava de chapéu, Yata apressou-se em retirá-lo da cabeça.

— Não estou entendendo nada.

Kimie, ainda de olhos baixos, ficou em silêncio torcendo seu lencinho no colo. Nesse momento a criada entrou no quarto trazendo chá preparado na hora.

— A senhorita ficou esperando por um longo tempo. Gostaria de pedir saquê?

— Já é tarde — recusou Kimie com uma voz cuidadosamente baixa e melancólica. — Sinto muito por fazê-la trabalhar até essa hora.

— Estou acostumada a ficar até tarde. Então estejam à vontade...

Pegando o chapéu de Yata e o casaco de verão, a criada se levantou. Yata não teve como se opor nem como falar nada e seguiu a criada até o aposento de quatro tatames e meio nos fundos do segundo pavimento, sem saber que era o mesmo aposento usado havia pouco pelo bailarino.

Com a impressão de ter ouvido, em meio ao sonho, uma chuva leve cair logo ao amanhecer depois de uma noite curta de verão, Kimie continuou por algum tempo em estado de semi-consciência. De repente uma mulher, de voz estridente, comentou bem debaixo de sua janela que o tempo esquentara e o som ritmado de tamancos apressados passando na rua a despertou completamente. No telhado, o canto do pardal. Não muito longe, o estalar das cordas de alguém praticando shamisen. Em frente à casa, com o barulho do pessoal da limpeza abrindo e fechando portas, havia no vizinho o som de passos de alguém subindo à cobertura do telhado para estender as roupas. A chuva havia parado e o sol brilhava sozinho no céu sem nuvens. As janelas e as portas do quarto haviam permanecido fechadas e a lâmpada ainda continuava acesa desde a noite passada, o ar úmido e quente deixava tudo mais opressivo. O odor do suor úmido depois de uma noite provocava-lhe dor de cabeça, mesmo a ela, com sua vasta experiência em noites como aquela. Kimie engatinhou para fora das cobertas e começou a abrir a janela.

— Deixe. Eu abro. Está realmente quente.

Yata tinha restabelecido o bom humor durante a noite.

— Olhe só! Pegue e veja como está.

Kimie abriu a roupa de baixo de algodão claro e colarinho vermelho que lhe cobria o corpo e de joelhos estendeu os braços em frente à janela para deixá-los secar com a brisa. Observando a pose, Yata comentou:

— Você é um milhão de vezes mais charmosa que as bailarinas do grupo Kimura.

— O que você quer dizer com charmosa?

— Estou me referindo a seu charme físico.

Pensando consigo mesma "feliz daquele que não sabe", Kimie quase não conteve o riso.

— Ya-san, aposto como você é bem chegado ao pessoal do grupo. São todas tão lindas de corpo! Até eu que sou mulher fico admirada, imagine então os homens.

— Não é bem assim. São bonitas de ver no palco. Numa conversa cara a cara elas não têm graça nenhuma. Dançarinas e modelos ganham a vida tirando a roupa. Não entenderiam nem uma boa piada. Não troco nenhuma delas por você, Kimie-san.

— Ya-san, não deve enganar as pessoas assim.

Com expressão séria, Yata estava para dizer alguma coisa quando a criada, do lado de fora da porta, perguntou:

— Já acordaram? O banho está pronto.

— Já são dez horas.— Puxou seu relógio de pulso ao lado do travesseiro. — Tenho um compromisso na loja. Kimie-san, hoje você começa mais tarde?

— Hoje começo às três. Como está muito quente para voltar para casa, acho que até lá vou ficar dormindo aqui. Por que não fica aqui comigo?

— Bem que eu gostaria. — Yata pensou por um momento. — Vamos tomar banho primeiro.

Ele telefonou para sua loja e de lá foi informado que sua presença era imprescindível. Sem mesmo fazer o desjejum, deixou Kimie e apressou-se para o trabalho. Já era quase meio-dia quando ele saiu. Ainda intrigada com o que tinha acontecido com Kiyooka, Kimie telefonou para a sakanaya[22] em frente à sua casa, para onde sempre recorria nesses casos, e pediu para chamar a velha senhoria. Por intermédio dela ficou sabendo que na noite anterior sua amiga garçonete tinha ido até lá e depois saído acompanhada do sensei. Era tudo o que sabia. Talvez Kiyooka e Ruriko houvessem feito um programa amoroso, presumiu Kimie. Isso explicaria o fato de ele não ter aparecido. Porém, foi apenas um pensamento, sem que isso lhe provocasse algum sentimento negativo. Desde que saiu de casa no final dos seus dezessete anos e foi para Tóquio, nesses quatro anos que se passaram, Kimie tinha dormido com tantos homens que já tinha perdido a conta. Ainda assim, nunca experimentou aquele tipo de paixão ardente, sempre descrita nos romances. E, também por isso, nunca sentiu nada parecido com ciúme. Em vez de ter um homem profundamente apaixonado por ela, e por isso ter que agüentar sua fúria e rancor e se envolver num emaranhado de problemas, ou ser obrigada a obedecer a um homem porque ele lhe patrocinava, Kimie preferia ficar livre e solta, aceitando qualquer um, jovem, velho, bonito ou feio que lhe aparecesse na frente. Em relações descompromissadas, agia de acordo com sua vontade, ficando assim livre de complicações futuras.

22. Sakanaya: loja que vende aperitivos para acompanhamento de bebidas alcoólicas. [N.T.]

Desde o final dos dezessete até os vinte anos de então, Kimie esteve tão envolvida nesse modo frívolo de viver que nunca teve um momento de reflexão para pensar com seriedade no significado de um amor verdadeiro. Não que nunca houvesse noite em que dormisse sozinha em seu quarto alugado, mas nessas ocasiões seu maior desejo era compensar o sono sempre atrasado em função da vida que levava. Ao mesmo tempo, já começava a imaginar novas aventuras e prazeres que naturalmente viriam assim que ela se recuperasse da fadiga. Qualquer outro assunto, não importava quão sério ele fosse, assim que caía no sono se tornava turvo e insustentável. Para Kimie nada era mais prazeroso que a sensação difusa do despertar, onde sonho e realidade se confundiam, exigindo-lhe algum esforço para separá-los.

Naquele dia também estava curtindo o prazer desse momento do despertar e, mesmo consciente de que já eram três da tarde, sua cabeça resistia em sair do aconchego do travesseiro. Olhou o quarto à sua volta, viu seu quimono no chão, do mesmo jeito que o tirou na noite anterior, e seu obi jogado, formando um emaranhado sobre o tatame. Depois que o bailarino Kimura a deixou, o importador de carros Yata tinha vindo para o quarto de quatro tatames e meio nos fundos do pavimento superior. Ele partira pela manhã, deixando a janela aberta para ela. Do teto pendia a lâmpada ainda acesa que, como na noite que passara, projetava a sombra do arranjo floral contra a parede do toko-no-ma. Com os gritos dos vendedores ambulantes e o som lânguido de alguém praticando algum instrumento musical, uma leve brisa penetrava pela janela, descendo até onde ela estava deitada para acariciar-lhe o rosto. Nesses momentos, Kimie queria que Yata ou qualquer outro homem estivesse a seu lado. Assim ela poderia extravasar toda a volúpia e desejo contidos em seu corpo. Sozinha com suas fantasias que vinham aflorando cada vez mais, Kimie cerrou um pouco os olhos e abraçou a si mesma com toda a força de seus braços. Suspirou profundamente, enrolando-se no próprio corpo. Nesse mesmo instante, ouviu a porta de correr deslizar com suavidade. Um homem entrou no quarto e parou em pé diante do biombo. Não era outro senão Kimura Yoshio, a quem Kimie vinha lamentando a partida desde a noite anterior.

— Ora.

Kimie apenas ergueu levemente o rosto e, sem mesmo levantar-se, olhou para ele e abriu os braços, esperando nessa posição que Kimura se dobrasse em sua direção. Puxando-o para perto, ela sussurrou:

— Estava sonhando com você.

Depois, Kimura contou que perdera sua caneta de prata na noite anterior e tinha vindo ver se a encontrava ali.

Quando ambos já estavam acordados e acabavam de pegar o hashi para degustar o peixe servido no salão, veio o telefonema da garçonete Ruriko. Na noite anterior, a pedido de Kimie, ela tinha ido até Honmura-cho e, fingindo agitação, contara a Kiyooka que a amiga fora levada contra sua vontade para a casa de chá Chiyoda em Sanban-cho. Mas Kiyooka ficara inexplicavelmente furioso e, sem ouvir mais explicações, jogou-a para o lado e foi embora. Ansiosa para relatar logo o ocorrido, Ruriko esperou por Kimie no café. Mas como ela não chegou quando o relógio bateu três horas, Ruriko contatou a senhoria da amiga telefonando para a petiscaria. Deduziu onde ela estava pela resposta da velha senhora e telefonou.

Já era noite escura quando Kimie e Kimura terminaram a refeição. Dizendo que haveria um show inaugural no dia seguinte no teatro Maruen e que precisava ir ao ensaio, Kimura aprontou-se rapidamente para sair. Deixou com Kimie cinco ou seis entradas com desconto e, pedindo-lhe para vendê-las entre as garçonetes do café, partiu sem pagar pela refeição ou pela corrida de táxi.

Kimie, sentindo-se como se tivesse contratado os serviços de um contador de histórias ou um amante profissional, viu todo o encanto passar. A sensação daquele dia inteiro, de estar vivendo num sonho, esvaeceu-se por completo. Junto com os últimos raios de sol, o fato de não ter nada a fazer o resto da noite a não ser voltar para casa trouxe-lhe uma súbita sensação de solidão. Como não poderia permanecer desacompanhada numa casa de chá, pagou as despesas que teve Kimura com comida e bebida e deixou o lugar. Era o horário de pico da saída das gueixas para seus compromissos noturnos. Estava tarde demais para ir ao café, mas cedo demais para voltar para casa. De repente veio-lhe à cabeça a possibilidade de visitar Kyoha na casa das Magnólias. Kimie mal tinha virado a esquina quando avistou, vindo em sua direção, segurando a barra do quimono de gala que deixava a beirada vermelha da roupa de baixo lufar com a brisa, ninguém menos que Kyoha, totalmente paramentada de gueixa.

— Kimi-san. Está indo para Ginza?

— Já está tarde, acho que vou faltar hoje.

— Você estava na casa Chiyoda, não estava?

— Como você sabe?

— Isso não é o importante, Kimi-chan. Você não deve ir para lá. Ontem à noite me encontrei com Kiyooka sensei.

— É mesmo?

Os olhos de Kimie arregalaram-se de surpresa.

— Sim. Eu o encontrei durante um jantar na casa Noda. Ele estava com outras três ou quatro pessoas. Cheguei mais tarde, depois de outro compromisso, e por isso só o vi por alguns minutos. Na hora, não o reconheci. Porém, fiquei por lá com um de seus acompanhantes, que me contou tudo o que eles tinham conversado. Algumas gueixas sabem que você vem freqüentando a casa Chiyoda. A casa de uma delas fica bem ao lado e ela consegue ver pela janela tudo o que se passa. Durante o banquete, elas comentaram sobre você sem saber de sua relação com Kiyooka sensei. Em todo caso, não podemos conversar aqui. Amanhã ou depois precisarei resolver umas coisas com a senhora de quem você aluga o quarto e então falaremos com mais calma. De qualquer forma, fique longe daquele lugar.

— Sei. Foi isso que aconteceu? Nos veremos depois, então.

Em meio ao burburinho do vaivém de cachorros, carregadores, entregadores e gueixas, as duas interromperam o encontro fortuito e seguiram cada uma para um lado.

OITO

Uma vez que seu marido geralmente só acordava ao meio-dia, todos os dias Tsuruko tomava seu solitário café da manhã composto de leite e torrada no lugar da refeição de arroz, limpava a gaiola do papagaio que vinha criando naqueles últimos anos, molhava o vaso de bonsai, arrumava o penteado, trocava o quimono e aguardava o despertar de Susumu. Naquela manhã, entre as cartas que a criada lhe tinha trazido junto com o leite, havia uma com o nome do remetente e o endereço escritos em caracteres ocidentais. Pegou-a ao acaso e viu que estava endereçada a ela e a letra lhe era familiar. Era de Madame Joule, a senhora francesa com quem ela tivera aulas particulares por mais de dois anos antes e depois de terminar o colégio feminino.

Madame Joule, esposa do renomado estudioso de literatura oriental Alphonse Joule, viera ao Oriente acompanhando seu marido. Morara na China durante mais de dez anos e depois por outros tantos no Japão. Ela tinha voltado uma vez a seu país, mas depois do falecimento do marido, para se consolar, viajou sozinha para a América e depois retornou ao Japão, onde morou por uns dois anos em Tóquio. Foi durante esse período que Tsuruko e mais duas ou três colegas tiveram com ela lições de francês e etiqueta. De volta a Paris, Madame Joule deparou-se com um assunto urgente a respeito de uma publicação póstuma do trabalho de seu marido e por esse motivo havia voltado ao Japão quatro ou cinco dias antes. Ela estava hospedada no hotel Imperial e pedia que Tsuruko fosse visitá-la.

Tsuruko, depois de aguardar Susumu dar sinal de vida, ao ouvir a sirene anunciar o meio-dia, telefonou para o hotel e saiu.

Madame Joule era uma típica dama européia idosa, uma senhora rechonchuda e alegre, de rosto redondo e olhos estreitos. Seu japonês era suficientemente bom para assuntos do cotidiano e sabia também ler textos chineses sem muita dificuldade. Sua habilidade em encontrar palavras no livro de etimologia da língua chinesa era até superior à de muitos estudantes japoneses de agora.

Como era hora do almoço, Madame Joule conduziu Tsuruko a uma mesa no restaurante do hotel e contou que viera, em primeiro lugar, para coletar fotografias de templos, santuários e objetos tradicionais necessários à publicação póstuma do trabalho de seu marido e, em segundo, para encontrar uma pessoa japonesa que pudesse acompanhá-la até a França e lá catalogar inúmeras gravuras e escritos orientais que estavam guardados em sua residência. Quando Tsuruko perguntou o grau de escolaridade que a pessoa precisaria ter, Madame Joule respondeu que não procurava um especialista. A pessoa só deveria ter um mínimo de conhecimento, o necessário para distinguir um tanka[23] de um

23. Tanka: poema curto, de 31 sílabas, sempre distribuídas em 5-7-5-7-7. [N.T.]

ha-uta[24] e, mais que escolaridade, queria alguém com algum conhecimento sobre gosto e estética tradicional japonesa e também que soubesse um pouquinho de francês.

— Será um trabalho de aproximadamente seis meses. Se você não fosse comprometida, seria a primeira pessoa que eu chamaria. Mas como a situação não é essa, preciso que você me apresente alguém de seu conhecimento.

Ao ouvir essas palavras, Tsuruko quase empurrou a mesa ao lançar o corpo à frente. Atropelando as palavras no excitamento, disse:

— Eu... se for por seis meses ou um ano... quero dizer, se acha que posso ser útil em alguma coisa, farei tudo que for necessário para poder acompanhá-la.

— Você poderá mesmo?

Madame Joule abriu os olhos num misto de surpresa e contentamento.

— Sempre quis viajar para a Europa, mesmo que fosse uma vez na vida. — falou baixo Tsuruko, tentando disfarçar a forte comoção pela qual foi tomada.

Até receber a carta de Madame Joule naquela manhã, ir àquele hotel e sentar-se à mesa do restaurante, Tsuruko jamais imaginara que tal reviravolta poderia acontecer em sua vida. O destino é mesmo imprevisível. Enquanto ouvia Madame Joule falar, foi tomada por um sentimento urgente de se mudar para um lugar bem distante. Tsuruko havia muito tempo tinha consciência de que, independente de ser bom ou ruim o local de destino, para reconstruir sua vida seria necessário em primeiro lugar sair da casa onde

---

24. Ha-uta: canto popular do século XVII. [N.T.]

morava. No entanto, nunca até aquele momento havia surgido oportunidade para tal atitude. Houve dias de desespero profundo, quando achou que estava sendo punida pelo erro que cometera e sua única alternativa seria esperar que envelhecesse o mais rápido possível e deixar que o tempo se encarregasse de tornar todo o arrependimento e tristeza de metade de uma existência em assunto de conversa para a hora do chá. Naquele instante, porém, uma oportunidade única apareceu diante dela e não havia tempo para pensar em prós e contras. Se no passado sua habitual hesitação a conduzira à ruína, naquela ocasião Tsuruko sentiu emergir de si força redobrada para reverter a situação.

Depois do almoço, ela e a velha dama foram se sentar no sofá do corredor e enquanto tomavam café conversaram amigavelmente por mais uma hora. Tsuruko saiu do hotel, sem se importar com o calor úmido do meio-dia que se seguia após o término da estação das chuvas, pegou um táxi no cruzamento de Hibiya e foi até Setagaya para visitar o velho pai de seu marido. Quando ela lhe contou sobre a proposta de viagem para a Europa, Akira respondeu que no seu tempo de professor na universidade tinha encontrado o professor Joule duas ou três vezes e acrescentou:

— Quando estiver lá e precisar de algum esclarecimento em relação aos escritos, sinta-se livre para me escrever e perguntar.

O sol da longa tarde de verão ainda brilhava quando Tsuruko, cada vez mais entusiasmada com a perspectiva de partir, apressou sua volta para casa esperando obter a anuência do marido. Mas Kiyooka já tinha saído e por volta da meia-noite mandou como sempre uma mensagem dizendo para não esperá-lo acordada pois iria se atrasar. Sem outra alternativa, ela recolheu-se antes. Na manhã seguinte, como não poderia ficar esperando até seu marido acordar, Tsuruko deixou uma mensagem avisando que fora fazer algumas coisas a pedido de Madame Joule e partiu de novo para o hotel. O plano de Madame Joule era ir para Kyoto no dia seguinte e visitar Nara. Ficaria dois ou três dias em Nagasaki e depois voltaria a Kobe para esperar a partida do primeiro navio. Instruiu Tsuruko a terminar seus preparativos até essa data e, entregando-lhe a anotação detalhada de sua programação, pediu para que fosse encontrá-la no hotel em Kobe. Para apressar os trâmites de obtenção do passaporte de Tsuruko, Madame Joule contatou a embaixada da França para tratar diretamente com as autoridades competentes.

Foi só tarde da noite do dia seguinte, quando o mundo todo lá fora já dormia, que Tsuruko conseguiu falar com o marido e contar-lhe sobre seus planos de viagem ao exterior.

Susumu, embora surpreso a ponto do saquê que tinha bebido em algum bar perder todo o efeito, fingiu tranqüilidade.

— É mesmo? Que bom para você. Tem minha permissão.

— O compromisso é de meio ano, mas se tudo der certo, verei se posso voltar antes disso.

— Não precisa ter pressa. Não será fácil retornar à França, por isso use o tempo que for necessário para estudar e visitar os lugares.

O assunto acabou nesse ponto, sem que nenhum dos dois comentasse algo mais. Susumu, embora deduzindo o real motivo da viagem de Tsuruko, achou que era muito tarde para tentar detê-la. Se ele se mostrasse muito pesaroso, ela poderia pensar consigo mesma: "Se fosse para ficar assim, ele deveria ter sido um pouquinho mais carinhoso no passado" e isso seria ainda mais mortificante. Por outro lado, se ele se mostrasse indiferente demais, como se pensasse "Não vejo a hora de vê-la partir", seria como se ela lesse seus reais sentimentos. O melhor a fazer era adotar uma atitude ambígua, um meio termo entre as duas. Esse modo de encarar o assunto não era muito diferente da própria Tsuruko. Mostrar-se infeliz demais em partir poderia ser desastroso, pois ele se sentiria obrigado a detê-la. Mas também se ela adotasse uma atitude muito tranqüila, ele poderia considerá-la uma mulher frívola. Marido e mulher, dosando a atitude em função da reação do outro, ambos tentando encobrir seus reais sentimentos, tentavam a todo custo acabar a cena de forma pacífica e amigável.

Foi mais ou menos uma semana depois disso que Tsuruko pegou o trem expresso da tarde em direção a Kobe. Embora tivessem aventado a hipótese de fazer uma festa de despedida com os amigos de Susumu, Tsuruko rejeitou a idéia dizendo que queria evitar que seu nome saísse nos jornais para não incomodar a família, e assim foi feito. E deste modo, naquela tarde o grupo presente na estação de Tóquio para despedir-se dela era composto, além de Susumu, por seu discípulo Muraoka, o estagiário Noguchi e duas ou três colegas de Tsuruko dos tempos de colégio, todas elas aparentemente muito bem casadas. Seu irmão mais velho, apesar de apoiá-la em segredo, tanto que até ofereceu cobrir suas despesas de viagem, não foi se despedir, temendo a opinião pública. O velho ancião de Setagaya, alegando idade avançada, também não apareceu na estação.

Quando o trem partiu, Susumu e mais um dos dois homens presentes e as senhoras separaram-se em grupos diferentes e encaminharam-se para a saída da estação. Apenas Muraoka, as mãos segurando o chapéu, permaneceu no lugar, olhando na direção do trem que partia mesmo depois que ele desapareceu de vista. Susumu virou-se para ele:

— Ei, Muraoka! O que está fazendo aí parado?

— Foi uma partida solitária.

Olhou à sua volta na plataforma já deserta e começou a andar.

— Aqui terminou mais um capítulo na vida de Tsuruko — disse Susumu enquanto jogava seu charuto consumido pela metade na direção dos trilhos.

— Ela não vai voltar depois de seis meses?

— Ela deve voltar um dia. Mas provavelmente nunca mais para minha casa.

— Sensei, eu também tive essa impressão. Foi uma espécie de sexto sentido.

— Ei, Muraoka. Por que você não se tornou amante dela? Eu sempre soube. Ela procurava por alguém como você, um jovem sentimental de coração puro.

Muraoka, um jovem com menos de trinta anos, ficou todo vermelho.

— Sensei, não brinque com isso. Não é verdade.

— Ha ha ha. Não será tarde demais quando ela voltar.

Pela primeira vez, Susumu riu com verdadeiro gosto.

Quando chegaram perto do portão da bilheteria, a multidão indo e vindo os engoliu de repente e a conversa foi interrompida. Os três homens deixaram a estação de trem. O vento noturno, depois da estação das chuvas, trazia um sopro gelado que arrepiava a pele.

— Ei, Noguchi. Ainda é cedo. Vá assistir a um filme antes de voltar para casa. Tenho aqui uns ingressos de cortesia.

Susumu despachou o assistente e continuou andando sem pressa ao lado de Muraoka em meio à multidão que passava em baixo do edifício Marui. Como se tivesse lembrado de repente, Muraoka perguntou:

— Sensei, e o Don Juan? Está tudo terminado?

— Hum... ainda estou considerando algumas coisas.

— Que tipo de coisa?

— Bem, ainda não tenho nenhum plano definido. Em todo caso, não vou mais incomodá-lo com esse assunto. Pode ficar tranqüilo. Seu problema é que você é correto demais.

— Acha mesmo?

— Às vezes você fala como um velho ranzinza do interior.

— Mesmo assim, acho que Kimie-san não fez nada para merecer tanta fúria do senhor.

— É porque você é apenas um observador. Eu também não guardo tanto rancor contra ela. Só um pouco de raiva. Não é nada sério e profundo como vingança ou retaliação. Eu só quero lhe dar uma lição. Se eu lhe contar o que tenho em mente, você provavelmente dirá que sou cruel ou desumano.

— O que o senhor está planejando?

— Não é que eu não confie em você, mas não posso contar nada agora.

— Vai entregá-la à polícia?

— Não seja tolo. Esse tipo de coisa não vai afetá-la em nada. Caso a levem presa, estará livre em dois ou três dias. Mesmo que não trabalhe mais como garçonete, haverá um monte de coisas que poderá fazer. Quero que ela não tenha condições de fazer mais nada. Quero armar uma situação na qual eu não tenha que sujar minhas mãos e deixar que outro se encarregue do serviço. Ha ha ha. É só uma fantasia minha. Não, o fato é que estou há algum tempo considerando com seriedade a possibilidade de passar para o papel esse tipo de estado psicológico do homem e incluí-lo num dos meus romances. Acho que Balzac escreveu algo parecido. O marido traído encerra para sempre o amante da mulher, que estava escondido dentro do armário, levantando uma parede. Depois, senta-se em frente à parede e toma vinho com a mulher adúltera. O que eu faria... O que pensei em escrever é sobre deixar a mulher completamente nua e jogá-la fora do táxi numa rua movimentada de um bairro como Ginza. Seria também divertido amarrá-la numas das árvores do parque Hibiya. Antigamente, era costume punir casais adúlteros expondo-os em espaços públicos como a ponte Nihonbashi. Seria algo parecido com isso. O que acha? Talvez já não faça sucesso com os leitores de hoje.

Muraoka não conseguia discernir se Susumu estava falando sério sobre o enredo do romance ou apenas fazendo troça com ele. Ou então se estava usando do subterfúgio de fingir ser o enredo de seu romance para falar de seus planos de vingança contra Kimie. De qualquer forma, era tão sinistro que até sentiu os pêlos se arrepiarem. Quando conseguiu controlar-se, disse:

— Parece interessante. Talvez os leitores já estejam saturados de romances mornos.

— Botar fogo na casa onde a mulher dorme com o amante também seria interessante. E quando ela estiver saindo, fugindo do fogo só com a roupa do corpo, misturar-se aos bombeiros e agarrá-la durante a confusão. Levá-la para algum lugar desconhecido e fazer dela gato e sapato...

— Sei...

— Tive outras idéias...

— Sensei, pare, por favor. Não me sinto bem ouvindo isso. Já chega, por favor.

— Parece que teremos tempestade esta noite.

O céu escuro e coberto de nuvens indicava a chuva iminente. Por entre as frestas das nuvens revoltas pela forte ventania, estrelas apareciam e desapareciam. Das árvores das calçadas, rasgadas pelo vento, as delicadas folhas de verde vívido que tinham acabado de brotar caíam incessantemente sobre o pavimento. As ruas do bairro Marunouchi, que à noite tendiam a ficar vazias, com pedestres rareando, pareciam ainda mais insólitas no meio daqueles ventos e da crescente escuridão. Tinha-se a sensação de que assaltantes poderiam surgir a qualquer momento das ruelas estreitas entre os altos edifícios.

— Certa vez uma atriz do Teatro Imperial estava voltando para casa quando foi arrastada pelo carro e acabou com a perna amputada. O autor do atropelamento nunca foi encontrado.

— É mesmo? Não sabia desse episódio.

— Houve também uma gueixa que teve os olhos besuntados com uma pasta infectada por bactérias enquanto dormia e acabou cega. Mulheres como Kimie com certeza terão o mesmo fim...

De repente, Susumu deu um grito agudo. Muraoka levou um susto, correu em sua direção e viu que uma lufada de vento lateral tinha arrancado o caro chapéu panamá da cabeça dele.

Sem perceberem, os dois haviam chegado perto do edifício do jornal Nichi-Nichi. Fatigados pela caminhada, pararam para descansar num pequeno café que encontraram. Depois que Susumu bebeu uísque e Muraoka um copo de cerveja, continuaram caminhando sem pressa em direção a Ginza. Por diversas vezes Muraoka tentou escapar e voltar para casa, mas foi impedido por Kiyooka, que o puxou para fazer uma vistoria geral nos cafés das ruas de trás que ainda não conhecia. Passaram por cinco ou seis cafés seguidos, em cada um dos quais Kiyooka tomou quatro ou cinco doses de uísque e, mesmo acostumado a beber, via-se claramente que suas pernas começavam a bambear. Ele ameaçou entrar em outro café quando Muraoka agarrou a manga de sua roupa e disse:

— Sensei, é melhor parar por hoje. Vamos para um lugar diferente. Já estou exausto.

— Afinal, que horas são?

— Já é meia-noite.

— Já é tão tarde assim?

— É por isso que estou dizendo que já chega de café.

Ponderando que não seria seguro Kiyooka perambular pela região naquele estado, Muraoka achou que ao menos numa casa de chá ele teria mais tranqüilidade e sugeriu:

— Sensei, vamos a um lugar mais calmo para beber e descansar.

— Hum. Vejo que você já está sabendo das coisas. Leve-me para onde achar melhor.

— Então vamos pegar um táxi.

Muraoka puxou Kiyooka pela manga e começou a conduzi-lo em direção à nova avenida, aberta no lado oeste de Ginza.

— Espere. Espere.

Kiyooka voltou-se para a parede de um edifício às escuras e começou a urinar. Quando Muraoka afastou-se um pouco para esperar numa esquina próxima, avistou três mulheres, aparentemente garçonetes, vindo no sentido contrário. Olhou para elas e descobriu que uma delas era Kimie, do Don Juan. Kimie também reconheceu Muraoka e pareceu ter dito "olá" ou "ora", mas sua voz foi abafada pelo vento forte que continuava a soprar. Muraoka de repente se lembrou das palavras de Kyooka há pouco, quando andavam em Marunouchi e sentiu-se invadir por um pavor indefinido. Balançou a cabeça e as mãos desesperadamente, como um sinal para ela seguir e ir embora. Qual seria a reação de Kiyooka, que estava tão bêbado, ao deparar-se de repente com Kimie numa rua deserta e escondida como aquela? Ele poderia fazer algum escândalo que chamaria a atenção dos jornais e isso seria desastroso.

Kimie, havendo entendido os sinais de Muraoka ou não, seguiu em frente sem dizer nada. As três mulheres estavam entrando numa casa de macarrão do outro lado da rua quando Kiyooka, que tinha acabado de urinar, veio e olhou para lá.

— De onde são aquelas garçonetes? Vou lá falar com elas.

Muraoka, desesperado, agarrou a manga de Kiyooka.

— Não, por favor. Vi homens estranhos seguindo-as.

— Que me importa!

— Sensei, por favor, não!

Muraoka agarrou-o com toda a força para detê-lo e parou o primeiro táxi que passou. Muraoka até aquele momento não tinha se dado conta devido à confusão, mas uma garoa fina começara a cair em meio à ventania. Só quando entrou no táxi percebeu que os vidros das janelas estavam molhados.

Depois de saírem da casa de macarrão, as três mulheres, Ruriko, Haruyo e Kimie, pegaram um táxi. Ruriko foi a primeira a descer, em Akasaka-Hitotsugi. Seguiu-se Haruyo, que desceu em Yotsuya-Samon-cho. O motorista, que já tinha recebido as instruções do roteiro, virou a avenida do bonde em Shio-cho e desceu a ladeira Tsu-no-Kami. Não se avistava viva alma nas ruas no avançado horário da madrugada chuvosa. Ao ficar sozinha, uma irresistível sonolência atacou Kimie, que começou a dormitar. Acordou surpresa quando ouviu uma voz chamando "Kimiko!". Viu que quem a chamava era o motorista, um homem que ela nunca vira antes. Imaginou que o desagradável imbecil, depois de ficar escutando sua conversa com as amigas, estivesse agora fazendo gracinhas e não lhe deu confiança.

— Já chegamos em Honmura-cho?

O motorista, com o carro quase parando, continuou:

— Tinha certeza desde o começo que era você, Kimiko. Não se lembra de mim? Nos encontramos duas ou três vezes na casa Kato em Suwa-cho.

Tirou o quepe de motorista e virou-se para trás para mostrar o rosto.

A casa Kato em Suwa-cho era o lugar onde Kyoha foi trabalhar antes de se mudar para Fujimi-cho. Agora, ouvindo o comentário do motorista, talvez ele houvesse sido seu cliente algumas vezes naquela época, pensou Kimie, mas não conseguia lembrar-se dele de jeito nenhum. Não é que ela nunca tivesse considerado antes a possibilidade de alguns dos clientes do passado aparecerem no café e pensado em como agir nesses casos. Mas Tóquio era uma cidade grande e mesmo que ela tenha trabalhado pela cidade por mais de meio ano, depois que ela foi para Ginza nunca mais encontrou nenhum dos antigos clientes. Com o passar do tempo, sua vigilância foi relaxando. Até essa noite, quando foi abruptamente interpelada por um motorista de táxi. Embora assustada, Kimie decidiu que o melhor seria fingir que não estava entendendo.

— O senhor deve estar me confundido com outra pessoa. Não sei do que está falando.

— Não me surpreende que não se lembre de mim, Kimiko. Afinal, eu decaí a ponto de virar um simples motorista de táxi. Mas você, por seu lado, não subiu tanto a ponto de me ignorar, já que é apenas uma garçonete. Uma garçonete, no fundo, não é muito diferente de uma dama da noite.

— Quero descer. Pare o carro.

— Está chovendo. Pode deixar que a levo até seu apartamento.

— Não precisa. Não quero dar trabalho.

— Kimiko-san, que eu me lembre, seu preço era dez ienes, não era?

— Quero descer, já disse. Por que não pára o carro? Acha que se eu tivesse medo de homem andaria sozinha à noite? Seu idiota!

O motorista, vendo pelo tom de desafio de Kimie que não adiantaria usar a força para dominá-la, parou o carro obedientemente. Nesse mesmo instante, uma rajada de vento jogou pingos da chuva contra o vidro da janela. Com um ar de quem se sentia vingado ao ver que ela não carregava guarda-chuva, estendeu o braço para abrir a porta e disse:

— Já que insiste, pode descer aqui.

— Estou deixando um iene.

Jogando moedas de cinqüenta centavos no banco, Kimie se preparou para descer. O motorista calculou o exato momento em que os pés de Kimie estariam tocando o chão para pisar fundo no acelerador. O carro pulou para frente. Kimie deu um grito quando foi jogada adiante e rolou pelo chão no meio da chuva.

— Bem feito, sua puta!

A voz do motorista xingando-a foi abafada pelo barulho da chuva e o carro acelerou, desaparecendo na escuridão.

Quando voltou a si, Kimie sentou-se no meio da lama e olhou ao redor. Ela imaginou estar na ruazinha escura que começa na base da ladeira Tsu-no-Kami e vai até a subdelegacia de polícia em Sakamachi, mas percebia agora que estava do lado de fora do muro de um condomínio residencial. Não tinha a menor idéia de onde era o lugar. Não havia nenhum táxi à vista, e, claro, nenhum transeunte. Foi se arrastando até debaixo da claridade de uma luminária do pilar de um portão de pedra. Sob a providencial proteção das folhas do pé de carvalho que estendia seus galhos além do muro, Kimie tentou ajeitar o penteado destruído pela chuva e sujo pela lama. Após passar a mão pelo rosto, olhou para ela e viu que a palma estava tingida de sangue. Seu coração pulou ao perceber que o sangue vinha de seu rosto e sua preocupação com o cabelo ou o quimono desapareceu num instante. Controlando-se ao máximo para não gritar alto por socorro, o que seria sua primeira reação, ela saiu correndo debaixo da chuva à procura de um consultório médico ou de uma farmácia.

NOVE

O médico, cujo consultório ficava numa avenida em Yakuoji-mae-cho no alto da ladeira Ichigaya-Kappa, não só fez os primeiros socorros em Kimie, mas também chamou um táxi para ela. A madrugada chuvosa começava a clarear quando Kimie retornou ao seu quarto alugado em Honmura-cho. Os cortes e feridas em sua face, mãos e pernas não eram tão sérios. Porém, pelo fato de ter permanecido com roupa molhada durante a noite toda, sua temperatura começou a subir gradualmente no final da madrugada, até ficar acima dos quarenta graus e continuou alta até o final do dia, sem dar sinais de baixar. Dizendo que havia risco de contrair tifo ou pneumonia, o médico deixou instruções para a velha senhoria, mas por sorte o quadro não se agravou e lá pelo terceiro dia não se aventava mais a possibilidade de internação. No final de uma semana, Kimie já estava em condições de se sentar no futon.

Kimie considerou que se os fatos viessem à tona não só seria uma amolação agüentar um monte de gente vindo visitá-la, como também havia o perigo das pessoas pensarem que ela fora estuprada. Assim, achou melhor comunicar ao café apenas que estava de cama devido a uma gripe.

Só na tarde do oitavo dia é que Haruyo veio pela primeira vez ver como ela estava passando. Nessa altura os curativos da face já tinham sido removidos e Kimie se safou dizendo que se machucara naquela noite ao tropeçar e cair na calçada. No dia seguinte apareceu Ruriko, mas também foi embora acreditando que Kimie só estava com uma forte gripe. Aos poucos, a temperatura de Kimie foi baixando e seu apetite voltou. Mesmo assim, os machucados em volta dos quadris, nos braços e pernas não estavam de todo curados. Ainda sentia dores quando tinha que descer as escadas para ir ao andar de baixo. A conselho da velha senhoria, que lhe indicou uma casa de banho medicinal em Ichigaya-Mitsutake, Kimie saiu de casa pela primeira vez. No dia seguinte forçaria a si mesma a ir ao cabeleireiro, pensou.

Quando voltou da casa de banho, uma carta havia chegado. Embora não houvesse o nome do remetente, à medida que lia ficou claro que a carta era de Muraoka, discípulo de Kyooka.

> "Estou escrevendo depois de muito refletir sobre a conveniência desta carta. Isso porque tenho certeza de que se meu mestre Kiyooka-san ficar sabendo cortará para sempre relações comigo. Acreditando, porém, que posso gozar de sua amizade e consideração para manter este assunto em segredo, resolvi escrever-lhe. Não sei se está a par de que no final do mês passado a esposa do meu mestre deixou repentinamente o Japão e partiu em companhia de uma certa dama estrangeira. O mestre finge que essa separação não o afetou em

nada, mas seu comportamento o desmente. Nos dez dias que se seguiram à partida de sua esposa, ele vem se entregando a uma vida de bebidas e dissipação. É minha crença que só o amor pela senhora, Kimie-san, teria o poder de consolá-lo agora e no futuro. É indiscutível que atualmente o mestre evita o simples mencionar de seu nome em nossa presença. Mas pelo fato de evitá-lo tanto é que cresce a minha desconfiança de que ele, no fundo, ainda não conseguiu tirá-la do pensamento. Ocorreu-me que ele pode estar jogando a culpa de ter perdido a esposa unicamente à senhora. Assim, sinto-me no dever de relatar-lhe todo o ocorrido desde o ano passado. Quero frisar que se estou lhe contando sobre os planos de vingança que têm atormentado com freqüência a mente de meu mestre desde aquela época, não é com a intenção de separá-los. Ao contrário, é pelo espírito do dever e por meu sincero desejo de que saiba o quão forte é o amor do mestre pela senhora, a ponto de imaginar-lhe um final trágico. Em dois ou três dias, ele partirá em viagem às províncias de Sendai e Aomori para dar palestras numa conferência literária patrocinada pela editora Maruen. O mestre deixou clara sua intenção de passar o período quente do alto-verão na região nordeste para escapar do calor. De minha parte, há muito que não visito minha família no interior e, portanto, depois da partida do sensei, pretendo aproveitar sua ausência para deixar Tóquio por algum tempo. Esperando encontrá-la mais uma vez antes de partir, passei ontem pelo Don Juan. Lá, fui informado de que tinha adoecido e estava de cama. Devo confessar que fiquei feliz por sua doença tê-la impedido de sair nestes últimos dias. Não vou entrar em mais detalhes. Se eu disser que não me sinto à vontade em contar a razão de meu contentamento, acho que poderá deduzir por si só. Bem, pretendo ficar no interior até a época em que os ventos do outono começam a balançar as margaridas em flor. Espero encontrá-la nas noites frias de Ginza, quando a efervescência estiver novamente à tona. 4 de julho de..."

Ao ler a data marcada na carta, Kimie, pela primeira vez, deu-se conta de que já era julho. Para ela, era como se o incidente de dez dias antes tivesse acontecido há um ou dois meses. Ao menos ela se sentia como se tivesse passado todo esse tempo na cama. O fato de não ter ido ao café, que por mais de um ano fora seu destino diário, fazia parecer que sua vida se transformara por completo. As chuvas constantes pararam de vez e o céu estava claro e limpo de nuvens. Durante o dia, uma brisa fresca soprara continuamente, mas ao entardecer já havia parado, deixando o ar úmido e quente, e mesmo sentada Kimie sentia o suor correr pelo corpo. Em contraste com a quietude da estação das chuvas que reinou até o dia anterior, a estreita ruela aferventava e os casebres iam ganhando, de repente, vida nova com o barulho de pessoas conversando e máquinas de costura trabalhando a todo vapor. Das ruas vinha o ruído do som de rádio misturado a uma variedade de sons indefinidos. Obedecendo ao chamado da velha senhoria, Kimie desceu para jantar e depois, com o cabelo apenas lavado e solto, sem mesmo uma leve maquiagem, saiu para dar uma volta. Se ficasse em casa teria que ouvir a mesma conversa maçante da velha que se repetia noite após noite e, além disso, a noite de verão era um convite a um passeio. Quando se aprontava para sair e abriu a gaveta para pegar a carteira, viu a carta de Muraoka e, sem pensar, enfiou-a com a carteira dentro do *obi*. Na primeira vez, quando lia a carta, o chamado da velha senhoria e a meia-luz do fim do dia a impediram de ler a metade final com mais cuidado. Kimie saiu com o propósito de dar uma volta pelas ruas ao longo do fosso até encontrar pelo caminho um lugar tranqüilo, ao pé de um poste de iluminação perto do aterro, e ler o resto da carta com mais calma. Mas o tráfego de trens e carros indo e vindo no caminho ao longo do fosso era intenso, e quando chegou ao aterro em frente à nova guarita ainda não tinha encontrado nenhum lugar aprazível para a leitura. Um pouco à frente dava para se ver as lamparinas dos barcos de aluguel da guarita Ushigome. Duas ou três garotas, aparentemente estudantes, estavam se refrescando sentadas nas muretas alinhadas à guarita. Kimie, vestida com um simples yukata de estampa de folhas, aproveitou seu visual discreto para não chamar atenção e parou a poucos passos dali. Enquanto o vento soprava sobre seus cabelos lavados, abriu a carta sob a luz de um poste. O estilo do texto, afetado como uma carta de amor adolescente, e a maneira elíptica de dizer as coisas, muito freqüente em romances traduzidos, pareceram-lhe à primeira vista muito estranhos. Ela não conseguia discernir qual parte era real e qual era apenas figura de retórica. Em resumo, o que ela entendeu de tudo aquilo foi que Kiyooka havia sido deixado pela esposa porque mantinha

Kimie como amante. E por isso ela, Kimie, como responsável pela separação, tinha que fazer algo. Se não tomasse nenhuma atitude, simplesmente fingindo não saber de nada, não poderia prever, conforme a carta de Muraoka, o que Kiyooka poderia fazer com ela como vingança. Na carta, ele a advertia do perigo e lhe pedia para tomar cuidado. Quando chegou a esta conclusão, Kimie sentiu sua raiva aflorar contra esse homem que se atrevia a escrever tais despropósitos irracionais.

Depois de refletir um pouco, ocorreu a Kimie que talvez esta carta não tivesse sido uma iniciativa espontânea de Muraoka, mas que ele talvez fosse instruído pelo próprio Kiyooka. Pensando bem, o comportamento estranho de Muraoka naquele encontro inesperado, pouco antes de entrar na casa de macarrão com as amigas na parte oeste de Ginza, na noite em que foi jogada pelo motorista de táxi, não parecia um fato isolado. Kimie pensou que era bem possível que tudo tivesse sido arquitetado por Kiyooka. Ao mesmo tempo em que sentiu um calafrio de medo subir-lhe pela espinha até a altura do pescoço, resolveu desafiá-lo. Se era assim que ele queria, ela é que não iria recuar. Não teria medo de nada que viesse dele.

Como não poderia ficar ali parada para sempre, seguiu andando enquanto pensava. Passou pela guarita e, quando chegou ao aterro do parque em Yonban-cho, foi até um banco embaixo de um poste de luz e sentou-se. Provavelmente por ser uma noite de domingo, não estavam lá os costumeiros estudantes que mexiam com as mulheres que voltavam da escola noturna. Ao pé do aterro, bem debaixo de onde ela se encontrava, na avenida do outro lado das águas do fosso, havia um vaivém contínuo de bondes. No intervalo entre eles podia-se ouvir, junto com o coaxar tranqüilo dos sapos, o som de vozes alegres das jovens mulheres nos botes de aluguel, que vinham flutuando sobre a superfície negra das águas até chegar aos seus ouvidos. Todo verão, quando as águas do fosso ficavam animadas com os botes, sempre voltavam à memória de Kimie cenas do tempo em que morava com Kyoko na casa de seu patrão em Koishikawa. Foram inúmeras as vezes em que ela e a amiga remaram até o meio do fosso, onde a iluminação das margens não as alcançava, e deliberadamente fizeram o barco trombar com os botes só de homens, aproveitando para fazer o jogo de sedução. Nesse período de três a quatro anos que a separavam daquele tempo, Kimie levou uma vida sem rumo, cheia de dissipação, sobre a qual nunca ousou contar a ninguém, e tinha como paisagem a vista que se abria à sua frente entre Iidabashi e a guarita de Ichigaya. Lembrando desses momentos, Kimie teve a intuição de que, de uma forma ou de outra, chegara o fim de um ato e as cortinas eram cerrados naturalmente.

Um inseto voou como um raio em frente ao seu rosto e o susto despertou-a da reflexão. Kimie olhou mais uma vez para a paisagem que se descortinava entre Ushigome e Koishikawa e, de repente, uma saudade antecipada a invadiu. Sentiu uma imensa vontade de reter todas as coisas firmes na memória para não se arrepender depois caso nunca mais voltasse àquele lugar, e para que a lembrança perdurasse por muitos e muitos anos. Levantou-se do banco e caminhou em direção ao gradil de ferro. Naquele exato momento, um homem surgiu com andar trôpego por detrás da sombra escura das árvores e os dois quase se bateram. Ambos recuaram um passo e entreolharam-se.

— Kimie-san!

— Tio, o que está fazendo aqui?

Assustados um com o outro, os dois pararam por um momento. "Tio" era o patrão que havia comprado Kyoko de Ushigome e a tinha instalado em uma casa em Utenshinshita. Quando Kimie fugiu da casa dos pais e veio morar com Kyoko, as gueixas que freqüentavam a casa chamavam-no todas de "tio." Por imitação, Kimie também começou a chamá-lo assim. Seu nome real era Kawashima Kinnosuke, responsável pelo departamento financeiro de uma empresa. Ao ser descoberto no crime de apropriação indevida de fundos, acabou sendo condenado à prisão. Ele, que na época costumava vestir-se com roupas confeccionadas com a mais pura seda, parecendo até um artista de cinema, estava agora sem chapéu, usando um yukata de algodão barato amarrado com um cordão, os pés à mostra calçando ordinários chinelos de dedo. Tudo em sua aparência indicava sua recente saída da prisão.

Kawashima ajeitou a gola de sua roupa como se estivesse com frio e disse:

— Pode ver que eu já não sou o mesmo de antes. Aquele homem ficou no passado. O presente é o que você vê.

Embora forçando um sorriso, transparecia grande agitação interna, olhando constantemente para os lados. Na época, Kawashima já estava com uns quarenta e cinco anos, mas os cabelos brancos ainda não eram tão visíveis e sua figura de estatura média passeando pelas ruas com uma jovem amante nos braços lhe conferia uma bela aparência de homem no auge do sucesso. Naquele momento, porém, com a pele emaciada e com fortes vincos marcando-lhe o rosto enrugado e o cabelo desgrenhado totalmente branco, como se tivesse levado um banho de cinzas ou areia, tinha um aspecto envelhecido. Os olhos, outrora grandes e vívidos, brilhavam lúgubres do fundo do rosto encovado como se estivessem fixos em alguma coisa.

— Estou grata por tudo o que fez por mim naquela época.

Sem saber como cumprimentá-lo, Kimie agradeceu como se só então se lembrasse.

— Ainda está trabalhando nesta área?

— Estou em Honmura-cho, em Ichigaya.

— Então, nos encontraremos por aí qualquer dia.

Dizendo isso, continuou andando, mas ocorreu a Kimie perguntar-lhe ao menos seu endereço atual e juntou-se a ele para segui-lo por mais dois ou três passos. Perguntou sutilmente:

— Tio, o senhor tem visto Kyoko? Não a vi mais depois daquilo.

— É mesmo? Parece que agora está em Fujimi-cho. Ouvi falarem dela. Mas prefiro não me encontrar com ela, pois se eu aparecer deste jeito na sua frente é certo que me rejeitará.

— É claro que não. Deveria ir visitá-la.

— E o que tem feito de sua vida, Kimie-san? Aposto que encontrou algum amor e está vivendo com ele agora.

— Não, tio. Estou do mesmo jeito que antes. Agora trabalho como garçonete. Fiquei doente e faltei esta semana.

— Então trabalha como garçonete.

Continuaram conversando assim enquanto caminhavam. Fora um casal de jovens sentados num banco debaixo de uma árvore, só havia alguns passantes que também pareciam ser estudantes. Um pouco mais tranqüilizado, Kawashima tomou a iniciativa de sentar num banco próximo e disse:

— Tenho um monte de coisas que queria lhe perguntar. Vendo seu rosto, muita coisa do passado voltou à minha mente. Eu que estava disposto a esquecer todo o passado...

— Tio, pensando agora, o período em que vivi sob sua acolhida em Suwa-cho foi o melhor de minha vida. Eu estava neste instante mesmo pensando sobre isso. Hoje é mesmo uma noite misteriosa. Estava divagando sobre o passado, olhando despreocupadamente para os lados de Koishikawa quando encontrei o senhor. É de fato muito misterioso.

— É mesmo, daqui dá para se ver bem Koishikawa.

Voltando sua atenção para a paisagem além do fosso, Kawashima olhou para a mesma direção.

— Aquela parte iluminada é a ladeira Kagura, de forma que a ladeira Ando fica ali e aquela parte cheia de árvores deve ser Ujitenjin. Naquela época, eu levava uma vida de prazeres. Mas se você tem a oportunidade de viver de forma plena, mesmo que seja uma só vez, já valeu a pena ter nascido. Devemos também estar preparados para desistirmos desse modo de vida, quando chegar o momento.

— Tem razão. É por isso que estou pensando em voltar para a casa dos meus pais no interior. Não quero dizer que me incomode viver como garçonete, mas não quero que fatos insignificantes desencadeiem mal-estar ou ódio contra mim. E quando penso no que pode acontecer de ruim comigo por causa disso, começo a me preocupar... Tio, há cerca de dez dias, eu fui jogada para fora de um táxi e me machuquei. Ainda tenho as marcas da ferida. Viu? Tenho outra aqui no braço.

Kimie arregaçou a manga do yukata e mostrou a marca para Kawashima.

— Pobrezinha. Matrataram você. Obra de algum mal-amado?

— Tio, os homens são mais rancorosos que as mulheres. Só agora me dei conta.

— Nesse quesito, não há diferença entre homens e mulheres.

— Quer dizer que o senhor já passou por isso? Nos seus velhos tempos?

De repente, junto com o barulho do trem sobre os trilhos, subiu do sopé do aterro uma nuvem da fumaça de carvão tão densa que cegava. Kimie nem ouviu a resposta de Kawashima e, cobrindo o rosto com a manga, levantou-se. Kawashima também se levantou e disse:

— Vamos sair daqui. Se não tiver objeção, poderia pelo menos saber seu endereço?

— Ichigaya, Honmura-cho, número 90. Fica perto de Kamezaki. Geralmente estou em casa até uma da tarde. Onde o senhor está morando, tio?

— Eu? Bem... quando encontrar um lugar, eu informo.

O caminho dentro do parque só levava a uma direção. Antes que percebessem, Kimie e Kawashima tinham passado pela nova guarita e chegaram ao ponto de bonde que ficava na avenida ao longo do fosso. Como estava a apenas um ponto de Ichigaya, Kimie pensou em esperar Kawashima pegar seu bonde e depois voltar andando para casa. Ela ficou no ponto esperando que ele tomasse o bonde, mas Kawashima — não sabia para qual direção ele tomaria — deixou dois ou três bondes passarem sem manifestar intenção de embarcar. Sem trocarem mais palavras, os dois retomaram a caminhada até chegarem perto da guarita Ichigaya.

— Tio, eu moro logo ali. Vamos comigo à minha casa.

Se ela voltasse mesmo para o interior, dificilmente o encontraria de novo. Kimie sentiu pena por separar-se dele assim e, querendo retribuir toda a hospitalidade que um dia recebera dele, quis alegrá-lo conversando sobre os velhos tempos.

— Não será incômodo para você?

— Claro que não! Venha comigo.

— Seu quarto é alugado, não é?

— Sim. Tenho o pavimento superior inteirinho para mim. A senhoria também vive sozinha no andar de baixo. Ninguém vai se importar conosco.

— Nesse caso, vou abusar de sua hospitalidade.

— Isso mesmo. Venha. Sempre que trago um homem para casa, mesmo que não seja nada, a velha senhora se adianta e sai. Ela é tão prestativa que até fico embaraçada.

Caminhavam ao longo da avenida do fosso e quando viraram para entrar na estreita ruela, por sorte o jovem empregado da loja de saquê estava parado em frente à loja para se refrescar e Kimie aproveitou para pedir três garrafas de cerveja e um enlatado de caranguejo. Chegando à casa, gritou:

— Estou de volta, tia" — e conduziu Kawashima para o andar superior.

Aparentemente a velha senhora havia feito a arrumação do quarto durante a sua ausência. O espelho da penteadeira estava coberto com o lenço de seda Yuzen, e o quarto de seis tatames já estava preparado para a noite, com o zabuton estendido. Kawashima, em pé na soleira da porta, olhava para dentro, parado como se estivesse surpreso.

— A senhoria acha que eu ainda estou doente. Vou colocar de volta no armário.

Kimie deslizou a porta do armário e começou a guardar o travesseiro.

Como se só nessa hora voltasse a si, Kawashima apressou-se em dizer:

— Kimiko-san, não se incomode. Não precisa me tratar como visita.

— Então vamos deixar como está. Quando morava às suas custas, Okyo-san vivia me dizendo que eu nunca dobrava um único quimono. Deve saber muito bem que sou desleixada desde aqueles tempos.

Dizendo isso, Kimie virou a almofada que estava em frente à penteadeira e ofereceu-a a Kawashima.

A velha senhora subiu trazendo cerveja, caranguejo enlatado e picles, deixou tudo no topo da escada e desceu silenciosamente. Ao ouvir o barulho, Kimie pegou a bandeja e a levou para o quarto.

— Tio, se quiser petiscos, é só pedir. A casa em frente é uma petiscaria e posso gritar daqui e pedir para entregar.

Kawashima secou num único gole o copo de cerveja que Kimie havia servido e, sem dizer uma palavra, mostrava-se preocupado com os olhares da vizinhança que se avistava pela janela aberta. Ao perceber isso, Kimie pensou como a vida na prisão pode deixar uma pessoa tão temerosa em relação à sociedade. Sentiu pena dele e disse:

— Acho que é porque hoje levantei da cama pela primeira vez. Apesar do calor, sinto meu corpo gelado pelo vento.

E apesar de estar morrendo de calor, fechou a janela até a metade.

Depois do segundo copo, os olhos de Kawashima começaram a se avermelhar nos cantos.

— Digam o que disserem, mas não há nada melhor que cerveja e mulher. Eu até pensei em recomeçar tudo de novo, porém minha saúde já não é a mesma. Mas você, Kimiko-san, ainda tem muito tempo pela frente. É agora que vai começar a sentir o verdadeiro sabor da vida. Estava dizendo que pretende voltar para o interior, contudo não vai agüentar ficar lá nem meio mês. Mesmo eu, que cheguei ao fundo do poço, quando vejo uma saia vermelha ou uma taça de saquê, sinto meu sangue fervilhar.

— Tio, o senhor está tão sério!

Kimie tinha vontade de perguntar a Kawashima que tipo de vida estava levando depois que deixou a prisão, mas para não ser direta, resolveu usar desse subterfúgio para chegar à questão. Kawashima, por sua vez, tinha melhorado bastante de humor e respondeu com uma voz mais animada:

— Quem não tem mais nada a perder, nada teme. Depois que saí da prisão, vivo quase como um mendigo. Havia dias em que não tinha o que comer. Beber, nem pensar. Se meu filho estivesse vivo, poderia me ajudar. Mas morreu de pneumonia durante minha estada na prisão. Mulher e filha vivem de favor com parentes no interior. Mesmo que eu quisesse vender a filha como gueixa, teria que esperar mais uns quatro ou cinco anos. Se eu pedisse, talvez as pessoas que me deviam favores no passado não se recusassem a me ajudar, mas prefiro me matar a ficar expondo assim minha desgraça. Kimiko-san, nunca esquecerei a gratidão por esta noite, mesmo depois que eu for para o além.

— Ora, tio. Não diga uma coisa dessas... Eu devo muito mais ao senhor do que o senhor a mim. Se tenho agora uma vida independente, é tudo graças à ajuda que me deu. Tive meu primeiro emprego no escritório graças ao senhor... Depois fui aprendendo as coisas da vida... e foi o senhor que me ensinou tudo sobre as casas de chá de Tóquio.

— Ha ha ha. Quer dizer que a cerveja desta noite é em agradecimento às imoralidades que lhe ensinei? Se for assim, não vou fazer cerimônia e aceitarei sua hospitalidade. Na época, deixou até Kyoko, uma profissional, de queixo caído com sua performance. Agora deve estar ainda melhor.

— Nem tanto assim. Naquela época, costumava sair bastante com seus colegas de trabalho. O que aconteceu com eles? Nunca mais os vi. Nem mesmo no café.

— É mesmo? Acho que é porque ficaram velhos. E também a empresa faliu. Provavelmente não sou só eu que estou no fim da linha.

— Você, tio? Ainda é jovem para falar assim. Conheço um homem de sessenta anos que tem energia até demais.

Kimie quase ia falando, dando Matsuzaki como exemplo, mas calou-se.

— Quando se acostuma com a vida de prazeres, não se consegue mais parar.

— O senhor também, tio. Com o passado que tem, logo voltará a se acostumar também.

Kimie, que havia dez dias que não punha uma gota de bebida na boca, secou rapidamente as três garrafas de cerveja enquanto conversavam.

— A profissão fez de você uma bebedora de mão cheia. Aquela garrafa ali é de uísque?

— Oh, com o acidente e tudo mais, tinha esquecido completamente.

Kimie pegou a garrafa de uísque da prateleira e serviu o conteúdo numa xícara de chá.

— Desculpe-me, mas não tenho copos.

— Eu já bebi demais.

— Então vou pedir mais cerveja ou saquê.

— Não quero mais nada. Beber depois de tanto tempo me deixou tonto. Será ruim se não conseguir me levantar para ir embora.

— Se não conseguir se levantar pode dormir naquele canto. Eu não me importo — disse Kimie, enquanto sorvia meia xícara de uísque num único gole.

— Vocês, garçonetes, são ótimas bebedoras.

— É melhor que saquê. Não dá dor de cabeça depois.

E, para amenizar a queimação na garganta, bebeu o resto de cerveja que estava sobrando. Respirou fundo e ajeitou impaciente a mecha do cabelo recém-lavado que lhe caía sobre a testa.

Pensando consigo mesmo como uma pessoa podia se transformar em apenas dois anos, Kawashima não conseguia desviar os olhos de Kimie. Na época, apesar do caráter um tanto desleixado, as formas das coxas e quadris ainda transpareciam certo ar de inocência. Naquela ocasião, porém, o formato longilíneo da face e até o queixo eram de uma elegância ímpar e a junção do pescoço com os ombros era de uma fragilidade ainda maior do que antes. Dos seios sugeridos pelo yukata entreaberto até o volume generoso das coxas dobradas fluía uma voluptuosidade transbordante. Era todo o conjunto, difícil de apontar este ou aquele detalhe, que denotava certa aura de sensualidade carnal impossível de encontrar nas mulheres de vida respeitável. Essa aura especial era daquele tipo que, diferente das pessoas comuns, um mestre de cerimônia transmite mesmo nos atos mais simples da vida cotidiana. Ou a de um espadachim que, até em seus momentos de relaxamento, não deixa de transparecer seu estado de alerta. Sem intenção de seduzir, era do tipo de mulher que deixava o homem totalmente à mercê de seu charme.

— Tio, acho que eu também estou ficando tonta.

Kimie relaxou a postura, deslizando um pouco as pernas para o lado e se encostou junto à janela com os cotovelos apoiados no peitoril. Apoiou a cabeça na palma da mão e voltou o rosto em direção ao quarto, deixando a brisa secar seus cabelos recém-lavados. Ao vê-la nessa postura, Kawashima, já sob o efeito do álcool, começou a sobrepor em sua mente a imagem dos cabelos de Kimie caindo emaranhados do travesseiro para o tatame.

Ela semicerrou os olhos e começou a cantarolar uma canção que falava do Japão samurai. Kawashima escutava com atenção e, como se tivesse tomado uma súbita decisão, pegou a garrafa de uísque e secou-a num único gole.

Com a vaga sensação de que ainda estava sonhando, Kimie abriu os olhos e, talvez por causa do calor, viu que estava vestida apenas com a roupa de baixo. As garrafas de uísque e cerveja estavam espalhadas pelo chão do mesmo jeito, mas não havia mais ninguém no quarto. O relógio do vizinho dos fundos tocava avisando que eram onze ou doze horas. Foi nesse instante que Kimie notou um pedaço de papel dobrado ao meio, junto de seu travesseiro. Parecia ser uma folha do seu bloco de notas, que ficava numa das gavetas da penteadeira. Deitada onde estava, Kimie abriu o papel e viu que era uma carta de Kawashima.

> "Não há tempo para dizer mais nada. Esta noite, quando nos encontramos por acaso, eu estava procurando um lugar para morrer. Graças a você, tive a oportunidade de mais uma vez experimentar os prazeres do passado, os quais não tinha mais esperança de vivenciar. Agora já não há nada do que me lamentar antes de partir. No momento em que você se encontrar com Kyoko e estiver falando sobre mim, eu já não estarei neste mundo. Estou profundamente agradecido por sua bondade. Para dizer a verdade, naquela hora, por um momento, tive a tentação de levar você, que não sabia de nada, junto comigo. Fiquei chocado com meu próprio pensamento. O desejo masculino é de fato algo assustador, pensei. Então, adeus. Em agradecimento à sua bondosa atitude neste mundo, ficarei olhando por você do além. Vou orar por sua felicidade.
> Kawashima Kinnosuke"

— Tia! Tia! Kimie levantou-se num pulo e gritou desesperadamente para a velha senhora.

ESTE LIVRO FOI COMPOSTO EM GATINEAU
10,6/15 E IMPRESSO SOBRE PAPEL OFF-SET
90 g/m² NAS OFICINAS DA GRÁFICA ASSAHI,
SÃO BERNARDO DO CAMPO-SP, EM JULHO
DE 2008